DE DURMIENTES
Y CAMINANTES

ExLibric

PACO ALBIAC

DE DURMIENTES
Y CAMINANTES

EXLIBRIC

ANTEQUERA 2024

DE DURMIENTES Y CAMINANTES
© Paco Albiac
Diseño de portada: Dpto. de Diseño Gráfico Exlibric

Iª edición

© ExLibric, 2024.

Editado por: ExLibric
c/ Cueva de Viera, 2, Local 3
Centro Negocios CADI
29200 Antequera (Málaga)
Teléfono: 952 70 60 04
Fax: 952 84 55 03
Correo electrónico: exlibric@exlibric.com
Internet: www.exlibric.com

ISBN: 978-84-10297-61-6
Depósito Legal: MA 2322-2024

Impresión: PODiPrint
Impreso en Andalucía – España

Nota de la editorial: ExLibric pertenece a Innovación y Cualificación S. L.

PACO ALBIAC

DE DURMIENTES
Y CAMINANTES

Ser feliz es estar plenamente despierto en cada momento de la vida, ser libre de todo miedo y falso respeto, y estar rodeado por seres cuyo destino es el mismo que el propio: el sufrimiento y la esperanza.

Albert Camus

Agradecimientos

A la memoria de Lupe Morgan, la abuela de mi esposa, a quien tuve el privilegio de conocer y con la que compartí casi la mitad de mi vida.

Ella, con su verdadera sabiduría, me mostró las realidades y las normas a seguir para lidiar con los obstáculos que, indefectiblemente, la vida nos pone por delante cada segundo de nuestra existencia.

A través de su ejemplo aprendí el verdadero sentido de lo que significa «Ser humano».

Lupe, te dedico este libro, fruto de muchas horas de reflexión y trabajo. Gracias por tu vida ejemplar y por haber sido, sin duda, una auténtica maestra de la humanidad.

Sevilla, julio de 2024

1

El sol estaba a punto de alcanzar su cenit; la mañana anunciaba la alta temperatura que ya se dejaba notar en la plaza, abarrotada de una humanidad palpitante que se desbordaba alrededor de un gran escenario que emergía en el centro de esta. La multitud entusiasmada emitía un zumbido de murmullos, los cuales conformaban una electrizante sinfonía de tonos desquiciados.

La amplia plaza enmarcada por altos edificios grises albergaba a cientos de ciudadanos de Ciudad Bolsano. Había gente de todas las edades; hombres, mujeres y niños esperando impacientes el anunciado evento que iba a tener lugar aquella mañana.

Sobre el tablado del escenario, levantado frente a la entrada del espacio que delimitaba la histórica plaza, se veían cinco plataformas cuadradas de metal; delante de estas, enfrentando la audiencia, se alzaba un atril que sostenía lo que parecía ser un micrófono diminuto.

La muchedumbre que ocupaba el recinto estaba pendiente de lo que se auguraba a punto de suceder. En efecto, por una escalera de aluminio adosada a la izquierda del entramado, vieron ascender una lánguida procesión de ocho personas, compuesta por dos mujeres jóvenes y seis hombres también de edades comprendidas entre los veinte y los treinta años. Todos ellos vestían tristones uniformes grises de sayas abotonadas hasta el cuello.

Una vez en el escenario, cinco de los integrantes del grupo se colocaron sobre las plataformas; los dos restantes se plantaron a espaldas de los cinco ocupantes de los pedestales, uno a la izquierda y otro a la derecha. El octavo personaje ocupó su puesto detrás del atril.

En cuanto el grupo que entraba en el escenario se hubo emplazado en el tablado, los susurros que emitía el gentío cesaron por completo. Todas las miradas estaban fijas en el hombre, quien era obvio que iba a ser el orador durante el acto.

El supuesto orador era alto y enjuto. Su pelo negro bien peinado hacia atrás acentuaba la pálida austeridad de su cara de rasgos angulosos. Sus ojos azules, aun desde la distancia, irradiaban autoridad. Con fría tranquilidad barrió con su acuosa mirada la respetuosa audiencia que aguardaba electrizada a la espera de las palabras del peculiar orador.

Al cabo de un interminable silencioso minuto, dio un paso adelante y, tras posar ambas manos sobre el atril, comenzó:

—Ciudadanos de Ciudad Bolsano, el mundo creado por nuestro amado Diggergod es perfecto, porque en este no caben las discordancias ni las sorpresas, todo está predestinado. Tenemos conductores que sacrifican sus vidas para que nosotros, el pueblo, no suframos y nos veamos libres de sobresaltos. —En ese momento, hizo una pausa y dirigió la mirada hacia el mar de rostros frente a él. Satisfecho, comprobó la hipnótica entrega que se respiraba en el ambiente y continuó:

»Aquellos que se llaman a sí mismos los caminantes nos tildan con desprecio de durmientes… Nada más alejado de la realidad; somos el pueblo elegido por el Creador, seres conscientes, satisfechos hijos de la divinidad. Nuestras vidas están reguladas de acuerdo con unos propósitos bien definidos —continuó sin alterar el tono de su voz.

DE DURMIENTES Y CAMINANTES

»Somos el pueblo soberano, dueños de nuestro destino, vivimos en la armonía que nos ha sido entregada para nuestro disfrute… Somos libres, por ello debemos protegernos de los caminantes, esa aberración maligna y destructiva que infesta nuestra sociedad.

La multitud, ansiosa por expresar su entusiasmo, pugnaba por estallar en vítores y ovaciones. Previendo tal reacción, el orador se anticipó a la audiencia y prosiguió, esta vez alzando con brusquedad su voz:

—Ciudadanos, hoy he traído ante vosotros a estos cinco criminales, para que seáis testigos de cómo el Creador vela por la paz de nuestros espíritus. —Llegado a ese punto, cientos de brazos se alzaron, y un imparable griterío estalló en las gargantas de la exaltada multitud.

—¡Extinción! ¡Extinción! —gritaba al unísono la turba, inundando la mañana de una devastadora marea de odio destructivo.

El orador asintió satisfecho por el efecto de su arenga y, volviéndose hacia el grupo a su espalda, ordenó:

—Proceded.

Los funcionarios apostados a ambos lados del grupo que ocupaba las plataformas extrajeron del bolsillo interior de sus chaquetas grises unos pequeños objetos, y procedieron a manipularlos. Al instante, un irritante zumbido comenzó a vibrar circundando las plataformas metálicas. Las dos mujeres y los tres hombres emplazados sobre estas doblaron las rodillas, a la par que se contorsionaban adoptando grotescas figuras. En apenas un minuto, sin proferir grito alguno, se derrumbaron inertes sobre los cuadrados metálicos.

La muchedumbre, entusiasmada, gritaba y vitoreaba, al tiempo que repetía incansable «¡Diggergod! ¡Diggergod!», mientras un telón se desplegaba desde arriba del escenario, ocultando a la vista el sórdido espectáculo que acababa de tener lugar en la plaza del Advenimiento en Ciudad Bolsano.

Entre la satisfecha multitud, Albardo, perdido en sus quiméricas ensoñaciones, se abría camino en la marea de enfervorecidos ciudadanos que abandonaban la plaza. Él no tenía reparos en reconocer su falta de interés por lo presenciado momentos antes. Le importaba un bledo que las personas halladas culpables de conducta inmoral y perniciosa hubiesen sido ajusticiadas públicamente. Si bien era cierto que, de no haber sido obligatorio presentar en el trabajo el justificante sellado de su asistencia al acto, no se hubiese molestado en acudir al innecesario espectáculo.

Las ejecuciones ejemplares no le interesaban. «Una horda de ruidosos energúmenos jaleando a los ejecutores e insultando a los ajusticiados». Aquello resultaba vulgar, desagradable. Según él, cuando se desenmascaraba a esos caminantes disfrazados de probos ciudadanos, la solución era simple: se les condenaba y aplicaba la ley con todo su rigor.

Esos aspavientos y parafernalias sobraban. Aunque hubiera quien dijese que lo público servía de advertencia y escarmiento, estaba convencido de que los ciudadanos de bien no necesitaban de tales demostraciones para conducirse con dignidad y decoro. Al fin y al cabo, aquellos caminantes eran raras aberraciones a las que no había que prestar excesiva atención. «Ese dichoso libre albedrío que tanto proclamaban, ¿qué significaba? ¿Cuál era el propósito de tal obtusa idea?».

Albardo tenía unos cuarenta años. Era de complexión debilucha, debido quizás a su sedentario estilo de vida, pues por su trabajo permanecía en su cubículo, sentado a la mesa de su despacho durante sus buenas diez interminables horas diarias. Era contable en una empresa estatal, empleo adecuado a su anodina personalidad.

Soltero, hubo un tiempo en el que barajó la posibilidad del matrimonio, opción que desechó por hallarla incompatible con sus preferencias, ya que consideraba que la vida en común con otra persona le acarrearía más incomodidades que satisfacciones.

Ocupaba un apartamento para solteros situado en una barriada del extrarradio de Ciudad Bolsano, una ciudad gris que irradiaba un aura cenicienta. Edificios de ingentes dimensiones, bloques de cristal y granito delineaban el paisaje; largas avenidas cuadriculaban la ciudad y el alma de sus habitantes; las calles exudaban las luctuosas limitaciones que marcaban las tristes cadencias que restringían las libertades en la gran urbe.

Era un fresco lunes de octubre. Como siempre, Albardo salió de la cama a las seis de la mañana. Tomó una ducha durante los tres minutos permitidos, debido a la escasez de agua provocada por la perenne sequía que azotaba el sur de Antagón desde hacía dos años. Finalizada esta, se afeitó y observó la imagen que el pequeño espejo del cuarto de baño le devolvía. Satisfecho, se encaminó a la cocina, hirvió agua en una cacerola pequeña de aluminio y puso dos huevos a cocer; a continuación, puso al fuego la cafetera que siempre dejaba preparada con agua y café molido antes de acostarse; rebuscó en la bolsa de plástico donde siempre había algunas rodajas de pan blanco algo maltrechas, cogió dos y las untó de mantequilla. Una vez listo, sentado a la mesa de formica posada sobre cuatro escuálidos tubos de aluminio, dio buena cuenta del frugal desayuno compuesto de huevos, pan y café negro sin azúcar. Ya vestido, satisfecho de su pulcro aspecto, salió a la calle y se dirigió camino de su oficina, situada en el edificio de Narod Comarcal, la empresa estatal donde prestaba sus servicios.

Nada más traspasar la puerta de entrada, observó con un leve rictus de fastidio la nave iluminada por la agresiva radiación de luz blanca que, proveniente de los numerosos tubos fluorescentes alineados en el techo, incidía sobre los numerosos cubículos ocupados por sus compañeros de trabajo.

—¡Buenos días, Albardo! ¿Nos hemos despertado de buen humor hoy? —saludó una cabeza calva que emergía de una de las cuadrículas sin techo que componían la desoladora geometría de la gran sala donde una legión de empleados desarrollaba las tareas administrativas.

Albardo, sin molestarse en asentir, salvó la distancia que le separaba de su reducida celdilla, y se precipitó en el interior del espacio compuesto por los tres paneles que la delimitaban. Una vez se hubo sentado a la mesa del despacho, desplegó sobre esta los lápices y las hojas, listos para efectuar los cálculos que, una vez resueltos, entregaría a la central para ser procesados, y se enfrascó de inmediato en las tareas que tantas satisfacciones le procuraban.

Albardo no deseaba relacionarse con sus compañeros. El mundo, para él, se limitaba a su trabajo, y al término de cada jornada, apresurarse a su casa y sintonizar los canales ofrecidos a través de la pantalla repetidora que ocupaba un respetable espacio de la pared frente a su cama. Las sugerencias e imágenes que emergían persistentes del monitor colmaban con creces su falta de experiencias del mundo de fuera.

Odiaba las comidillas de los grupos de compañeros del trabajo cuando se juntaban en los pasillos y en las zonas de fumadores; prefería estar solo, pensar en sus cosas aislado de su entorno. A pesar de su arisco proceder, los compañeros lo aceptaban y toleraban su peculiar indiferencia, resultándoles, como mucho, cómica.

Pensativo, sacudió la cabeza, a la vez que se encogía de hombros en un gesto de «a mí qué me importan las vidas de los demás», y se zambulló en la familiar compañía de sus queridos números.

Al cabo de unos minutos, el chico de copistería apareció en la entrada del cubículo y le alargó un folio mecanografiado —de dirección—, y siguió su camino a lo largo del pasillo. Albardo ojeó desinteresado la circular que notificaba a los empleados de Narod Comarcal la asistencia obligatoria al evento anual que aquel año versaría sobre la presentación de nuevas tecnologías, programa que ofrecía, además, cena y diversas actividades recreativas.

Esas reuniones suponían una importante alteración de sus impecables hábitos. Aún recordaba el último evento al que se vio obligado a asistir y las desagradables situaciones en las que, a la fuerza, se vio involucrado. La multitud de encorbatados empleados de la empresa pululando de aquí para allá por el salón de congresos, las estridencias de las conversaciones que emanaban de aquella desordenada humanidad le supusieron días de trastorno emocional que, según recordaba, le obligó a requerir la asistencia especial de su intermediario. Tan serias fueron las consecuencias de su asistencia al acto.

—¡En fin! —decidió—, no me queda más remedio que resignarme y mentalizarme para resistir un año más la dichosa reunión. —Y se enfrascó de nuevo en su tarea con aquel aire sumiso que le caracterizaba.

El programa se celebró en el Centro de Congresos, un lujoso complejo levantado por el gobierno anterior a las afueras de la ciudad. Al acto asistieron empleados de todos los departamentos de Narod, la empresa donde Albardo prestaba sus servicios desde hacía más de veinte años. Una vez concluidas las tediosas charlas y presentaciones visuales referentes al tema que se trataba aquel año, el personal se desperdigó por las diferentes salas del pabellón de congresos.

Albardo, recluido en un apartado rincón del salón, observaba a los jefes de los diferentes departamentos navegando por los salones seguidos por las cortes de sonrientes aduladores, los cuales competían entre sí para ganarse las deferencias de sus correspondientes capataces, quienes, a su vez, hormigueaban próximos a los mandamases buscando ser notados por estos.

Desde su precario refugio, nuestro hombre contemplaba fastidiado las ridículas escenas que, al igual que los años anteriores, se interpretaban.

—Alberto, en verdad, promete. Ha gestionado a las mil maravillas las cuentas ECET. ¿No lo cree así, señor?

—No soporto a Turnado, ese aire suyo prepotente me revienta... Yo creo que el director Engrave lo tiene muy calado. Ya verás como de aquí al año que viene se le va al garete el quiosco —vociferaba con ira contenida una enrojecida cara regordeta.

—No sé, no sé... Para mí que Angosta se lo monta con el administrador de gestiones, ¡la muy puta!

Albardo, encogido en su silla, mantenía la mirada perdida deseando que las horas que faltaban para la conclusión del acto pasaran, para regresar a su amado cuartucho. Él hallaba la felicidad lidiando con los números, calculando resultados; las respuestas de estos nunca fallaban cuando se les planteaban las preguntas adecuadas. En los números se podía confiar. Al contrario que estos, las personas eran impredecibles.

—Hola. ¿Te molesta si me siento?

Sobresaltado, Albardo emergió de su íntimo universo y observó con expresión de fastidio a la chica, quien, de pie frente a él, dibujaba una tímida sonrisa. Sorprendido por aquella inesperada irrupción, respondió:

—Eh… Bueno… Creo que no —balbuceó, haciéndose a un lado, para así permitir a la chica pasar entre él y la mesa que había frente a las dos sillas para que tomase asiento a su lado.

—¿Cómo estás? Me llamo Galana —dijo haciendo una pausa a la espera de que Albardo se presentase a su vez.

Este, entre titubeos, exclamó:

—¡Ah!, Albardo. Encantado de saludarte.

La muchacha, satisfecha, lo miraba expectante. Parecía dispuesta a iniciar una conversación duradera, así que se giró hacia su interlocutor y añadió:

—Es la primera vez que asisto a uno de estos congresos. Está muy concurrido. A mí me fastidian estas reuniones, no les encuentro ningún propósito definido. —Se detuvo un instante y prosiguió—. Siempre he pensado que los jefes las organizan para molestarnos e, incluso, me atrevería a decir, para hacernos sufrir. —Y volviéndose hacia su pasivo interlocutor, inquirió—: Y… ¿tú qué opinas?

Albardo, con aire de andar perdido en sus ensoñaciones, agregó:

—Yo creo… Eh, que pienso lo mismo que usted, aunque, eso sí, salvando ciertos matices.

La espigada muchacha observaba al tímido Albardo con una mirada chispeante. Encantada del curso que tomaba la conversación, interrumpió la balbuceante respuesta de este y agregó:

—¿Nunca te has preguntado cuáles son las verdaderas razones de todas estas ostentaciones? ¿Las reuniones anuales, las arengas de aquellos quienes ostentan los cargos cercanos al vértice del poder? —enumeró, inmersa en los pensamientos sobre los que reflexionaba.

»¿No se te ha ocurrido pensar si, en realidad, nuestras vidas tienen el valor que estos capataces proclaman sin el más mínimo pudor?

En aquel instante se detuvo entusiasmada y, sin dejar de observar el efecto que sus palabras causaban sobre un desconcertado Albardo, incapaz de rebatir o rechazar lo que ella tan abruptamente le planteaba, continuó:

—Hace unos días, paseando por la avenida de la Creación, un par de individuos tropezaron conmigo. Me adelantaron caminando muy rápido, casi corriendo. A la par que corrían, arrojaban unos panfletos. Curiosa, pensando que serían esas cuartillas de publicidad de las Galerías Steiner, ya sabes, los grandes almacenes donde se puede comprar de todo… Como te decía, recogí del suelo uno de los papeles y, para mi sorpresa, resultó ser una especie de manifiesto de ese grupo de disidentes, los caminantes. Picada por la curiosidad, lo leí. El mensaje resultó interesante.

La chica compuso una pausa y cruzó las piernas, adoptando una cómoda postura en su silla. Con brillante mirada, escrutó los ojos de Albardo e, inclinándose hacia adelante, puso su mano derecha sobre la de él y prosiguió:

»Esos caminantes aseguran que su misión consiste en despertarnos del estado de sonambulismo hacia el que hemos sido arrastrados por el ejército de marionetas, manipulados desde la sombra por aquellos que manejan y deciden nuestro destino con el único propósito de satisfacer su insaciable sed de poder y riqueza. Los caminantes aseguran que nosotros, el pueblo, somos durmientes que necesitamos ser despertados del estado de somnolencia en el que vivimos; declaran que el poder ejercido en nombre de la ficticia entidad que los poderosos llaman Diggergod, el Creador, nos mantiene aherrojados en un mundo al que no llega la luz del entendimiento, en el que nosotros, ignorantes de la realidad que existe más allá de la triste condición hacia la que nos han arrastrado, hemos aceptado la falsa comodidad a la que nos hemos habituado. Los sirvientes del poder nos han obligado a creer que más allá de nuestra impuesta realidad no hay más que infelicidad y caos.

Albardo, que empezaba a sentirse inquieto ante el sesgo que tomaba la conversación con su dicharachera interlocutora, se rebullía en su asiento y replicó:

—Bueno, señorita Galana —milagrosamente, recordó el nombre de la chica—, creo que ha llegado el momento de que nos despidamos. —Y girándose sobre su silla, le dio la espalda a la sorprendida muchacha, quien, visiblemente molesta por la abrupta reacción de Albardo, se puso en pie y le espetó:

—Está claro que le he molestado, señor. Acepte mis disculpas, que tenga muy buena tarde. —Y se encaminó desorientada hacia el centro del salón sin saber muy bien hacia dónde dirigirse en busca de la salida.

Trascurridas otras dos horas de entusiasmos fingidos y felicitaciones soterradas, la fiesta se disolvió. Albardo pudo abandonar
por fin el recinto y apresurarse a su casa.

2

No muy lejos de la sala de congresos, Albardo tomó el autobús que le dejaba frente a la entrada del edificio donde vivía. Sentado en la trasera del vehículo, cabeceaba satisfecho. La tarde se insinuaba a lo largo de la solitaria avenida. El crepúsculo dorado se reflejaba cambiante sobre los cristales de las ventanas del autobús. Acomodado entre dos de los asientos traseros, embebía la agradable sensación de pacífica normalidad que se respiraba en el interior del autobús. Para él, la felicidad significaba la uniforme monotonía que había sabido imprimir a su vida. Pertenecer a Ciudad Bolsano implicaba observar y acatar las sugerencias dictadas por los intermediarios y embajadores, los cuales velaban atentos a preservar el bienestar de las amadas criaturas del Creador.

Aquel domingo, sobre las ocho de la mañana, Albardo, ensimismado en sus cavilaciones, caminaba despacio por la avenida Stainer sin prestar atención a su entorno. La expresión de su cara mostraba con claridad un rictus de incómodo disgusto.

—Ha pasado casi un mes desde que hablé con ella —rumiaba, recordando la imagen de Galana de pie frente a él, con el ceño fruncido, desconcertada y furiosa—. Debería haberme mostrado más comprensivo ante el vehemente comportamiento de la chica, aunque debo reconocer que la intransigencia de la muchacha me atacó los nervios —decidió, negando enérgicamente el arrepentimiento que amenazaba con invadirle—. Y a pesar de todo, no consigo quitármela de la cabeza —cavilaba, molesto consigo mismo—. En fin, no se merece tal atención por mi parte, no es más que una de tantas muchachas cuyo único propósito en la vida es molestar a las personas honradas que cumplimos con nuestras obligaciones cívicas —concluyó, dando por zanjado su monólogo.

Desde el desafortunado día de la convención anual, Albardo era consciente del insidioso cambio que se operaba en su interior; pensaba muy a menudo en el porvenir, trataba de hallar respuestas a cuestiones que él sabía innecesarias. Confuso y quizás asustado, notaba como el sólido cimiento sobre el que se asentaba su agradable y necesaria rutina se tambaleaba sin razón aparente.

La chica no le atraía lo más mínimo; sin embargo, cuando ella se despidió con cajas destempladas, furiosa por la indiferencia y el rechazo que él demostró, un vago sentimiento de incomodidad le rondó persistente durante varios días. En contra de su convicción, se descubrió pensando en ella de vez en cuando. Eran ramalazos aislados que surgían inesperados y le molestaban sobremanera. Al principio, los ignoraba hasta que se diluían. Aun así, con el correr de los días reaparecían cada vez con mayor frecuencia. Albardo se rebullía incómodo, sufría esporádicas distracciones que le llevaban a cometer errores en el trabajo.

Alarmado, se encontró recreando con la imaginación escenas que chocaban con su innata misoginia. Sentía deseos de recordar detalles del rostro de aquella inoportuna muchacha que invadió su querida soledad aquella tarde en la convención. Quería desvelar la calidad de su mirada, cómo era su sonrisa. Aquellas sutiles urgencias le molestaban a la vez que le excitaban.

Ambos chocaron desde el momento de conocerse. El talante solitario de él no toleró la intromisión de la chica en el sacrosanto santuario de su soledad. El encuentro que mantuvieron resultó desastroso. La espigada muchacha, haciendo gala de su carácter extrovertido, allanó abruptamente la intimidad de Albardo, que, angustiado por aquella demoledora invasión de su espacio, la rechazó.

Galana pertenecía al seno de una familia integrada en las altas esferas del poder. Casad, su padre, ostentaba el cargo de embajador de Bolsano. Controlaba el Departamento de Asuntos Sociales de la ciudad. También detentaba el cargo de director general de la Brigada Cívica, cuerpo encargado de investigar y controlar cualquier actividad sediciosa que atentase contra el Estado.

La eficiencia de la Brigada Cívica estribaba en el temor que infundía en los ciudadanos debido a su carácter secreto y la crueldad de sus métodos represivos.

Durante años Albardo frecuentaba una agradable y discreta casa de comidas ubicada en el barrio de los trabajadores del puerto. Cada domingo se permitía el placer de permanecer en la cama hasta bien pasadas las siete de la mañana y, después de asearse y tomar un apresurado desayuno, caminar paseando hasta la zona portuaria y contemplar el trajín que exhalaba el vecindario. El aire cargado de las brisas empujadas por el mar le vivificaba.

En el barrio había una incongruente placita circundada por bancos de ladrillos rojos con espaldares de filigranas de hierro dulce cobijados a la sombra de los robustos álamos blancos que componían su arboleda. Hacia allí se encaminaba cada mañana de domingo. Sentado en uno de aquellos asientos, sin ser muy consciente de ello, dejaba volar la imaginación. Reflexionaba sobre las sugerencias que cada tarde recibía de su intermediario a través del repetidor instalado frente a su cama; una innegable paz le poseía, sentía que verdaderamente era uno con el Creador. El tiempo sentado en su rincón de la plaza pasaba rápido. Sin apenas darse cuenta, llegaba la hora de acercarse a la fonda para disfrutar de su esperado almuerzo dominical.

La casa de comidas era un antiguo almacén cercano al puerto que perteneció a una de las navieras anteriores a la reconstrucción llevada a cabo por el gobierno auspiciado por los seguidores de Diggergod. Cuando la situación política cambió en el país, los embajadores tomaron las riendas de las compañías privadas, que fueron absorbidas por el ejército de burócratas, ejecutores del nuevo orden que se estableció en la nación.

El pequeño local anexo a las oficinas de la naviera, donde se almacenaban cajas y cajas de archivos, fue adjudicado en alquiler a Maestre Echante, antiguo estibador del puerto, en pago por los servicios prestados en las filas de las milicias cívicas afines al ejército que derrocó al gobierno legal de Antagón, que él reconvirtió en lo que, desde entonces, fue la Posada Aurora.

Maestre Echante era un fornido ejemplar de la raza humana. De estatura alta, anchos hombros, torso y brazos musculosos, su mirada clara sin dobleces le confería el aspecto de un gigante bonachón. Asimismo, el negocio contaba con la presencia de Mariada, esposa de Echante, y de Olga, hija de ambos.

Aquel domingo, como tantos otros, la posada albergaba a los parroquianos habituales, estibadores y oficiales aduaneros, quienes aprovechaban el respiro dominical para dar buena cuenta de alguna que otra cerveza acompañada de los sabrosos platos de comida casera que la señora Mariada preparaba a diario.

Apenas traspasar la puerta del local, Albardo se encontró inmerso en el agradable ambiente familiar lleno de los tranquilizadores olores y sonidos que formaban parte de su uniforme rutina. Maestre Echante le obsequió con una calurosa bienvenida, como hacía con todos y cada uno de sus parroquianos.

—Buenos días, señor Albardo —saludó el sonriente gigantón—. Debo advertirle que hay una persona que ha preguntado por usted, y ante mi respuesta informando de su habitual asistencia a mi casa cada domingo, ha solicitado una mesa y le aguarda ansiosamente —expuso el posadero, quien, observándolo, no sin cierta suspicacia, señaló con la mirada hacia una de las mesas al fondo de la sala, donde Galana aguardaba interesada la reacción de Albardo al verla. Este, sin saber muy bien qué actitud adoptar, se dirigió al rincón donde la muchacha lo miraba entre curiosa y divertida ante la cómica e indecisa expresión pintada en su cara.

—¡Señor Albardo!, cuánto gusto en verle de nuevo —dijo la chica, incorporándose levemente de la silla sin hacer ademán de estrecharle la mano.

Albardo, cada vez más desconcertado, se armó de valor e, intentando sin éxito enmascarar su timidez, contestó:

—Buenos días, señorita. ¿Cómo es que se ha molestado en averiguar dónde paso los domingos? ¿Hay algo urgente que desee comunicarme? —Y tomando con determinación las riendas de la situación, agregó—: Ha de saber que no me parece nada bien esta especie de persecución que, en apariencia, ha emprendido contra mí. —Hizo una dramática pausa y continuó—: ¿Podría, por favor, explicarse?

Galana, sin dejar de sonreír, apoyó los codos sobre la mesa y, posando la cara sobre las palmas de las manos, compuso un pícaro mohín y repuso:

—En primer lugar, no le persigo. ¿Tan importante se cree como para que yo remueva cielo y tierra para dar con su paradero? Sepa, señor, que mi interés en encontrarle se debe a la inexcusable rudeza con la que me trató aquel día en la convención. Necesitaba exponerle mis quejas y mi desagrado hacia su persona; yo solo pretendía ser amigable, pues ya que nos sentábamos juntos, pensé que al estar ambos condenados a soportar la tediosa reunión podríamos pasar el tiempo compartiendo puntos de vista que resultasen interesantes para los dos. —Llegados a ese punto, esperó atenta. Las mejillas enrojecidas por el aparente enfado que sentía le otorgaban el aspecto de una niña enfurruñada, cosa que estremeció a su interlocutor, que empezaba a balbucear tímidas excusas.

La inteligente muchacha había acaparado la atención de un arrepentido Albardo.

—Pero ya que estamos aquí, ¿le importaría que tomásemos juntos el almuerzo? ¿Quién sabe? Quizás seamos capaces de retomar nuestra conversación del otro día con un talante más amistoso —comentó, observándolo sin parpadear.

Albardo, derribadas sus defensas por el osado desparpajo de su joven antagonista, suspiró sometido y agregó:

—Sea, señorita Galana.

Para su sorpresa, la comida en compañía de Galana resultó amena y agradable. Los primeros minutos transcurrieron tensos. Ambos daban cuenta de sus platos, mientras intercambiaban miradas de soslayo. A medida que avanzaba la mañana fueron llegando los habituales parroquianos, llenando la posada con sus ruidosas conversaciones, para satisfacción de Maestre Echante.

El familiar ambiente que se respiraba en la Aurora tranquilizaba a Albardo. La posada de los domingos era el único lugar donde soportaba la cercanía de los demás. En aquel universo sentía que pertenecía al grupo; cada mediodía de los domingos dejaba de estar solo.

—Este sitio es genial, ¿es cierto que vienes cada domingo? —preguntó Galana, tuteándole.

—Sí, desde hace años…, unos siete —repuso Albardo mirándola directamente a los ojos, actitud insólita en él. Y sintiéndose más osado por momentos, continuó—: Señorita Galana, ¿por qué ese empeño en verme y… cómo supo encontrarme aquí? —preguntó, algo arrepentido de su audacia.

La muchacha lo miró, dibujó una indescifrable sonrisa, se tomó unos interminables instantes en responder y, sin dejar de observarlo, dijo:

—El día que nos conocimos no tuve tiempo de contarle que trabajo para Narod, en el Departamento de Estadísticas, que, como sabes, está directamente ligado a la sección de contabilidad, que es donde tú trabajas. Nada más fácil que preguntar a tus compañeros sobre ti y tus hábitos. Y, respondiendo a tu primera cuestión, en un principio quería verte para reprocharte tu comportamiento de aquel día. Ahora pienso que, después de todo, fue un incidente sin importancia; que, posiblemente, no estabas de humor para soportar una intrascendente conversación debido, quizás, al tedio que padecías en aquella absurda celebración.

»En fin —concluyó—, aquí estamos los dos. Espero que limadas las asperezas y reconciliados, pero háblame de ti. Cuando te vi en aquel salón encogido en un rincón, me diste un poco de pena, así que decidí que debía acercarme para ayudarte a sobrellevar tu aburrimiento. Te veías tan abandonado y solitario… Parecías un animalito huraño y asustado —remató con deje malicioso.

Albardo, sin dejar de menearse en la silla, tomó la palabra.

—Señorita Galana, usted —continuaba hablándole de usted— está en lo cierto en parte. Es cierto que en aquella ocasión estaba molesto e insociable, pero no me sentía solo, por la sencilla razón de que yo valoro y disfruto la soledad, mi soledad. —Acto seguido, arguyó con firmeza—: Sé que mis palabras le pueden sonar chocantes. Yo amo mi soledad, me gusta sentir el silencio a mi alrededor, sentirme uno con el Creador. —Compuso una pausa, bajó la mirada y continuó—: Cuando pienso en lo que ha sido mi vida hasta ahora, no puedo menos que reconocer una cierta falta de entusiasmo por mi parte. Entonces conecto con mi intermediario para hablarle de mis preocupaciones y él me responde que la raíz de mis cuitas reside en la falta de sinceridad para conmigo a la hora de enfrentar mis defectos y debilidades. Me sugiere que entregue mi conciencia, mis deseos y pensamientos al Creador, pues solo así lograré alcanzar la gozosa libertad que proporciona pertenecer y actuar de acuerdo con los dictados de Diggergod.

Galana escuchaba interesada. Sabía que Albardo, quizás por primera vez en su vida, estaba desnudando su alma, exponiendo sus más íntimos sentimientos. Asintió con cierta condescendencia, posó su mano derecha sobre el brazo de Albardo y, con un tono de voz que era casi un susurro, repuso:

—Lo que tú describes como amor a tu soledad es egoísmo. Yo añadiría, además, pereza. Dices amar a Diggergod; en realidad, tu rechazo hacia los demás es una forma de odio soterrado hacia el Creador por haberte arrojado a este mundo entre otros seres, quienes tan egoístas como tú mismo arrastran una estéril existencia carente de sentido.

Galana, con una mirada rebosante de pasión y sin dejar de observar el efecto que sus palabras causaban a su interlocutor, se levantó. De pie frente a este, le tocó el hombro con suavidad y añadió:

»Ha sido una velada muy fructífera. Gracias por tu compañía, quizás nos encontremos de nuevo. —Y sorteando las mesas colocadas desordenadamente en la sala, alcanzó la salida y abandonó la posada.

Albardo observó a su alrededor. Algo en el familiar ambiente había cambiado: la gente, los olores y sonidos aparecían ahora atemperados por un sutil velo; la posada se asemejaba a un decorado ocupado por comparsas, que llenaban obligatoriamente el vacío necesario para que la representación continuase. Como protagonista notó que debía estar separado de los corifeos. Una grisácea sensación de tristeza se volcó sobre su corazón.

La tarde se empezaba a crear en la sala principal de la posada Aurora. Con calculada parsimonia, se levantó de su asiento, miró el entorno y salió del local, sabiendo que para él no habría más domingos en casa de Maestre Echante.

3

Antagón era uno de los cuatro estados de la Unión Slagana, formada por Slagana, Cracya y Valacya. Excepto Antagón, los tres países pertenecían a la Coalición de Estados Democráticos. Antagón formó parte de la coalición hasta el derrocamiento del gobierno por el golpe de Estado protagonizado por los seguidores de Diggergod años atrás.

Las relaciones diplomáticas entre la coalición y Antagón fluían tensas desde el violento cambio de régimen. Los fanáticos fundamentalistas seguidores de Diggergod instauraron un régimen teocrático organizado de acuerdo con las enseñanzas del Creador. Las libertades fueron restringidas. El país fue sometido a una cruel purga. Los disidentes contrarios al nuevo orden nacional fueron ajusticiados o encarcelados. La población de Antagón se redujo a un atemorizado rebaño de obedientes ciudadanos incapaces de cuestionar el sólido entramado instaurado por el Gran Instrumento, la cabeza dirigente del gobierno, que, asistido por la corte de un ejército de funcionarios y burócratas, dirigía la nación con mano de hierro.

Al término de la guerra civil, Antagón quedó devastado, hundido en una profunda depresión económica ante la indiferencia de los gobiernos vecinos, los cuales se abstuvieron de intervenir en el conflicto que estos calificaron de orden interno. Cada mañana las pantallas repetidoras presentes en todas las viviendas del país se activaban. Los rostros y las voces de los intermediarios inundaban la nación. Un cansino estribillo inacabable llenaba los hogares:

«¡Ciudadanos! Dignas criaturas de nuestro amado Diggergod, una nueva maravillosa jornada nace para nuestro regocijo y mayor gloria del Creador. Esforcémonos para mantener y preservar el mundo que nos ha sido entregado por Él. Mantengámonos alejados de las falsas e insidiosas promesas con las que los enemigos de la paz intentan socavar los sagrados cimientos del perfecto orden que el Creador, en su inmensa compasión y sabiduría, ha traído para nosotros, sus hijos predilectos. Ahora repitamos todos juntos para que nuestro clamor ensordezca y aniquile a los diabólicos caminantes. En el nombre de Diggergod odiamos a los infieles, perseguimos a los infieles, castigamos a los infieles…».

El deletéreo mantra proseguía durante parte de la mañana hasta que la emisión cesaba y daba paso a una musiquilla pegajosa que se esparcía incansable emponzoñando las debilitadas mentes de los habitantes de Antagón.

Albardo y Andrea eran la confirmación del mito —los opuestos se atraen—. Si Albardo era retraído, solitario y agorafóbico, Andrea, su único amigo, era inquieto y creativo. Al igual que este, rozaba la cuarentena. De estatura media, poseía un carácter nervioso; tenía el pelo negro, muy corto; sus facciones angulosas denotaban determinación. Su ideal en la vida lo conformaban su trabajo, divertirse y, sobre todo, relacionarse con las chicas. Aunque estaba abierto a embarcarse en una relación estable, por el momento prefería explorar diferentes territorios, pues consideraba que disponía de tiempo hasta que decidiera adoptar una actitud seria y sentar la cabeza.

El único amigo de Albardo era incapaz de hacer algo a disgusto. Realizar un trabajo rutinario, por ejemplo, en una oficina, le hubiera hecho sentirse como un tigre enjaulado. Por tanto, escogió una profesión que cuadraba con su carácter. Se presentó y superó las pruebas para acceder a los cuerpos de seguridad del Estado. Una vez aprobadas estas y tras ingresar como agente, fue destinado como oficial de seguridad de operaciones de vuelo en el aeropuerto de Ciudad Bolsano. Al cabo de varios años de impecable servicio ascendió al puesto de supervisor, categoría que colmaba con creces sus expectativas laborales.

Tanto los conocidos y amigos de Andrea como los compañeros de trabajo de Albardo no dejaban de sorprenderse cuando los veían juntos caminando, charlando amigables, o sentados en cualquiera de las cafeterías de la espectacular torre Narod, el gran edificio que constituía el centro neurálgico de la administración de la ciudad.

En la planta doceava se hallaba el Departamento de Estadísticas y Gestión de Datos, donde Albardo realizaba sus rutinarias tareas. Andrea, a su vez, como encargado de la seguridad del aeropuerto, se personaba cada lunes en las oficinas de seguridad nacional ubicadas en la primera planta de la torre para entregar personalmente los partes de incidencias, además de asistir a las reuniones semanales de los directores de los departamentos de los cuerpos de seguridad.

Durante una de aquellas reuniones se requirió la presencia de Albardo para compilar un resumen de los partes de incidencias de las operaciones de los últimos tres años. Este y Andrea trabajaron en el proyecto varias semanas. La amistad entre ambos surgió espontánea.

Al principio, Albardo se sintió intimidado por el carácter dinámico de Andrea, que chocaba con su aire apocado y pasivo. Este captó el tímido talante de su eventual compañero y procuró allanar la relación que habrían de compartir durante el corto periodo de tiempo que les llevaría completar la tarea que les había sido encomendada.

Se mostró amable con el retraído Albardo, se esforzó en apaciguar la timidez de su compañero interesándose por los detalles de las tareas que realizaba en la empresa. Poco a poco, las defensivas barreras de Albardo se relajaron, permitiéndole iniciar intrascendentes conversaciones con su nuevo compañero de trabajo.

Albardo le caía bien a Andrea. Le gustaba la pueril sinceridad que este poseía. Sus encorsetados puntos de vista sobre la vida le parecían infantiles y divertidos. Gradualmente fue descubriendo la triste rigidez sobre la que su inflexible nuevo amigo había edificado el mundo en el que vivía en soledad. En parte comprendía aquella retraída actitud; él mismo experimentaba a veces ambiguos sentimientos de incomodidad. Eran meros ramalazos que desaparecían apenas esbozados, tan sutiles que apenas existían a pesar de aflorar molestos de vez en cuando.

Para su sorpresa, Andrea descubrió la similitud de sentimientos que compartían.

Por su parte, Albardo desarrolló una confusa dependencia hacia su amigo. El carácter vigoroso de Andrea y la firmeza con la que siempre tomaba las decisiones le impresionaban, y a pesar de las discrepancias existentes entre ambos, las justificaba y admiraba.

Galana, cuya familia pertenecía a las altas esferas del poder, encajó mal el rechazo de Albardo. Su padre, Casad, era embajador de Bolsano Central y controlaba el Departamento de Asuntos Sociales de la ciudad. Detentaba, además, el cargo de director general de la Brigada Cívica, cuerpo encargado de investigar y controlar cualquier actividad sediciosa y neutralizarla.

El poder de la Brigada Cívica estribaba en el temor que infundía entre la población debido al carácter secreto de esta y la crueldad que el grupo utilizaba para amedrentar y reducir a los disidentes que atentasen contra el Estado.

Galana ostentaba el cargo de inspectora jefe del Departamento de Delitos Políticos de la susodicha Brigada Cívica. Habituada al respeto y deferencia que su cargo infundía a sus compañeros, sus amigos y conocidos, se sintió humillada por el inesperado trato del que fue objeto por parte de «aquel insignificante Albardo».

A raíz del incidente, Albardo se vio afectado por aquella desconcertante e incómoda situación. Pensar en Galana le alteraba, experimentaba un confuso sentimiento que le molestaba. A la vez que le atraía, Albardo se revelaba contra el urgente deseo de volver a verla.

El embajador Casad era de estatura mediana, algo entrado en carnes. La expresión de sus ojos marrones denotaba un carácter desconfiado. La chispa de crueldad que irradiaban se ocultaba tras un aire campechano que siempre alcanzaba el objetivo de ablandar las defensas de su interlocutor. Casad era respetado y temido por sus subordinados.

Tomazo rondaba los veintitantos años. De constitución atlética, su cabello negro peinado hacia atrás, brillante de fijador, le confería un aire de elegancia desenfadada. Sus ojos marrones siempre miraban atentos y observadores. Poseía una sonrisa amable o amenazante, dependiendo de la situación; extremadamente cauteloso y desconfiado, siempre mantenía sus verdaderas intenciones ocultas tras una gentil fachada de cortesía que la mayoría de las veces resultaba incongruente.

Regentaba un burdel disfrazado de casa de masajes. El negocio le servía de tapadera para realizar sus trapicheos de sustancias entrópicas que distribuía entre la clientela que frecuentaba su local, en la que no faltaban funcionarios y agentes de la Brigada Cívica. Gracias a esas relaciones, el negocio se mantenía a flote. Tomazo, además, ejercía como confidente para la Policía, por lo que disfrutaba de cierta inmunidad para llevar a cabo sus ilícitos negocios.

Ciudad Bolsano, al igual que el resto del país, se preparaba para la celebración anual del advenimiento del creador Diggergod. Las rectilíneas avenidas estaban engalanadas con los penachos rojos y escarlata que pendían de los postes del alumbrado público que ceñían las cuadriculadas calles y avenidas de la ciudad. El aire festivo que flotaba en el ambiente invitaba a los ciudadanos de Antagon a distender los rigurosos hábitos impuestos por el severo gobierno. Los himnos marciales que los omnipresentes repetidores emitían incansables inundaban hasta el último rincón de los hogares del país.

Una fría llovizna adornaba el asfalto de la iluminada avenida de la Liberación. La tarde avanzaba presurosa, consintiendo la entrada de una noche empañada sin estrellas. Una vez que los festejos nocturnos terminaron, la noche se retrajo sobre sí misma, y la cotidiana apática tristeza arropó de nuevo la ciudad hasta ahogar los últimos vestigios de las estridencias de las celebraciones oficiales.

Las gentes de ciudad Bolsano hacía varias horas que se habían recogido en sus casas. Sin embargo, las zonas residenciales de la urbe vibraban al compás de las músicas y las algazaras provocadas por el alcohol y las ilegales drogas entrópicas que los vecinos de las zonas privilegiadas consumían.

El embajador Casad estaba satisfecho: el propio director general de Seguridad Comarcal asistía a la fiesta que el padre de Galana daba en la mansión que él y su esposa Montarnad poseían en la zona limítrofe con el antiguo palacio de congresos, ahora convertido en la sede del gobierno de Ciudad Bolsano.

—Señor Embajador, espléndida celebración digna del mismísimo Diggergod —aseguró Abasco, el obeso director general de Seguridad Comarcal.

El director general Abasco era el máximo responsable de los asuntos internos de la ciudad. Bajo de estatura, sufría de una mórbida obesidad con la que él estaba muy satisfecho. Su fofa humanidad la remataba una diminuta cabeza de enmarañado pelo negro y una poblada barba que arropaba su cuello grasiento.

La fiesta continuaba en todo su esplendor. El salón estaba profusamente iluminado por una combinación de grandes lámparas colgantes del techo y de múltiples candelabros dorados en los que ardían gruesas velas igualmente doradas. Los asistentes a la fiesta se distribuían en animados grupos compuestos por funcionarios, algunos de paisano, la mayoría luciendo los uniformes de gala de los diferentes cuerpos militares y policiales, satisfechos de pertenecer a la privilegiada élite de inquisidores que velaban por la estabilidad y el mantenimiento del poderoso aparato represivo auspiciado por el ficticio Creador.

El salón era un mar de risas, animadas conversaciones, y choques de la valiosa cristalería producidos por los constantes brindis que los asistentes hacían en honor del incorpóreo Diggergod.

Casad, con la cara enrojecida por la satisfacción y el alcohol generosamente consumido, se desplazaba sonriente entre los grupos de funcionarios aceptando aduladoras palmaditas en el hombro y en la espalda de parte de sus correligionarios.

El ambiente era inmejorable. Las cosas no podían ir mejor. El propio director general en persona se había dignado a aparecer en la fiesta y le había felicitado por la espléndida eficacia demostrada al desmantelar la peligrosa célula de los caminantes, culminada con la ejecución pública de los cinco cabecillas del grupo disidente.

La medianoche estaba avanzada y la fiesta continuaba para disfrute de los invitados y del propio anfitrión. Casad, sorteando los grupos desperdigados por el salón, se dirigió a la cocina, donde las criadas se afanaban en procurar un servicio impecable a los participantes del festejo.

—Graciela, prepare el champán y asegúrese de que las copas estén listas para servirlo a mi señal. ¡Ah!, pero antes lleven las bandejas con los obsequios y déjenlas sobre la mesa pequeña —ordenó a la jefa de las sirvientas.

—Sí, señor embajador. Al momento —expuso diligente la criada, llamando por señas a dos jóvenes sirvientas, quienes atentas a la indicación depositaron sobre dos carritos plateados varias bandejas también plateadas cubiertas por sendas abultadas tapaderas.

Las sirvientas ataviadas con el típico uniforme inherente al trabajo que desempeñaban depositaron las pomposas bandejas sobre una mesa auxiliar que contenía la fina cristalería y una gran variedad de botellas de vinos y licores.

En ese momento, en un extremo del gran salón el embajador, erguido, ordenó silencio a la orquesta que amenizaba la velada. Los músicos obedecieron e hicieron sitio en el pequeño escenario que apenas sobresalía del nivel del piso; Casad se aproximó, tomó uno de los micrófonos de la orquesta y se dirigió a la audiencia de allegados:

—Buenas noches, compañeros. Un año más nos hemos reunido para celebrar el advenimiento de nuestro amado Diggergod, quien, iluminándonos con sus sabias directrices, nos orientó y allanó el camino que nos permitió expulsar de nuestra nación a los degradados dirigentes que hundieron nuestro país en la inmunda cloaca que ellos llamaban «revolución social». Nada de ello hubiera sido posible sin vuestra ayuda y la de tantos mártires que no dudaron en sacrificar sus vidas para que lo que hoy somos se hiciese realidad. Por ello, y para agradeceros vuestra entrega, en nombre del Creador y del mío propio, se otorga a todos y cada uno de vosotros la daga dorada, símbolo del poder y la fuerza que Diggergod ha imbuido en nuestras almas y en nuestros corazones. Solo un grupo de privilegiados puede ostentar en el cinto la sagrada daga. —Asintió satisfecho e hizo señas a la jefa de las sirvientas para que destapase las bandejas y las acercase al escenario.

La sirvienta, caminando muy erguida, se aproximó a la mesa, alargó su mano derecha y levantó la tapadera de la primera de las bandejas que contenían las emblemáticas dagas.

El mundo estalló. El salón se convirtió en un lodazal de fuego y gritos de aterrorizada ira envuelto en una espesa niebla que expelía un dulzón hedor a carne quemada, conatos de fuego aquí y allá que, como pequeñas islas rojo-doradas, dibujaban infernales escenas imposibles de describir. Gritos, gemidos de dolor y feroces órdenes transformaron el salón, antes festivo, en uno de los círculos del dantesco infierno.

El toque de queda habitual en las ciudades se recrudeció. A partir de las seis de la tarde, Ciudad Bolsano quedaba desierta. Los ciudadanos se recogían en sus casas, temerosos, al término de sus jornadas. Las solitarias tardes languidecían y se sumergían en las oscuridades de cohibidas noches enmudecidas, silencios solo alterados por el caminar de las patrullas policiales a la búsqueda de los culpables del atentado perpetrado en la mansión del embajador Casad.

Los noticieros ocultaron lo ocurrido. Entre las víctimas mortales de la explosión se hallaba el director general Abasco. Casad sobrevivió, aunque resultó seriamente herido. Las víctimas del desastre se contaban por decenas. La Brigada de la Policía Científica constató que el potente explosivo instalado en las bandejas de los obsequios detonó al ser retirada la tapadera que cubría la primera de las bandejas.

Asimismo, se descubrió que los explosivos fueron introducidos en la casa por las dos sirvientas contratadas para reforzar la plantilla durante la fiesta.

Al conocerse esos datos, inmediatamente se pusieron en marcha los aparatos policiales y las brigadas represivas del grupo de asuntos sociales.

El país entero se movilizó. Los ciudadanos de Antagón sufrieron las represalias del enfurecido gobierno al servicio de su cruel Creador.

La casa de masajes El Dulce Amanecer estaba desierta. Los recientes sucesos amenazaban con arruinar el negocio. Apoyado en un extremo de la barra del ambigú que daba la bienvenida a los clientes del exótico local, Tomazo, con expresión concentrada, apuraba su segunda copa de ginebra importada. La entrada del local se encontraba en el estrecho callejón que separaba dos vetustos edificios de aspecto descuidado en la antigua zona céntrica de la ciudad. La puerta de madera desgastada que daba entrada al recinto mostraba un pobre cartel con el nombre del negocio escrito en letras de un oscuro rojo granate apenas visible en la penumbra de la angosta calleja.

Al acceder al local, los clientes se encontraban con la barra del ambigú que estaba justo frente a la entrada donde se respiraba una atmósfera de cálida sensualidad. Detrás del mostrador, sobre unas repisas de grueso cristal esmerilado, reposaban numerosas botellas de licores. El camarero, un hombre de mediana edad, de aspecto serio y comedido aguardaba la aparición de los clientes, ausentes desde el endurecimiento del toque de queda.

La iluminación de la sala era tenue, de tonos rojizos; las mesas distribuidas a partir del centro de la estancia estaban alumbradas por la apagada luz granate de las pequeñas lámparas dispuestas sobre los veladores. Al fondo, varias puertas de madera lacada conducían a las habitaciones privadas del negocio.

En El Dulce Amanecer, la seducción y el misterio se mezclaban en un ambiente sórdido y atrayente. En la esquina de la puerta trasera, oculta por varios bidones de basura, hacía guardia un aburrido empleado. Camuflado en el tirador de esta, había un pequeño interruptor de color amarronado que, al pulsarlo, activaba un piloto rojo instalado dentro del mostrador, fuera de la vista de la clientela. La discreta luz parpadeaba insistente alertando a los empleados de visitas no deseadas, lo cual hacía que diera tiempo para ocultar las evidencias de los trapicheos que se llevaban a cabo en la casa de masajes.

Darío, el hombre de confianza de Tomazo, era fornido, de estatura baja, entrado en carnes, pero sin vestigios de grasa; una formidable mata de pelo áspero de tono ceniciento, junto con unos ojos que miraban sin ambages, le conferían el aspecto de una persona en la que se podía confiar, o temer, si se le tenía de enemigo.

—Te necesito esta noche, espero visita, quiero que andes por aquí mientras esté reunido con la gente que aguardo —dijo Tomazo, dirigiéndose al encargado de la barra—. Otra cosa, será mejor que pases la noche aquí, pues vamos a terminar tarde y no está la situación para andar por ahí durante el toque de queda —finalizó Tomazo, a la par que se llegó a la barra y se sirvió una generosa copa de la botella de ginebra importada que se reservaba para clientes muy especiales.

Al cabo de unos minutos, la oculta luz roja comenzó a parpadear con insistencia. Darío se encaminó a la puerta de entrada dispuesto a darle paso a los visitantes. En ese momento, Tomazo le indicó con un leve gesto de su mano derecha que aguardase más de unos instantes para abrirla. Los instantes se convirtieron en un interminable minuto, hasta que el fiel encargado sin más dilación dejó expedita la entrada del local a las personas que habían acudido a entrevistarse con el dueño de la casa de masajes El Dulce Amanecer.

La brutal represión que se desencadenó en el país había generado un clima de continuo miedo entre los ciudadanos. Se aprobaron leyes especiales, cuyo objetivo era cercenar aún más las libertades; quedaron prohibidas las reuniones de más de tres personas; una degradante ley de vagos y maleantes otorgaba al gobierno la potestad de detener sin garantías legales a cualquier persona que no pudiese demostrar tener trabajo. A pesar del alto nivel de desempleo que azotaba la economía de Antagón, más de un tercio de la población adulta malvivía realizando precarios empleos temporales sin contrato de trabajo.

Los calabozos de las dependencias de la Dirección General de Seguridad rebosaban de ciudadanos detenidos en base a infundadas o arbitrarias sospechas. Nadie se atrevía a inquirir sobre la situación o el estado de los detenidos. Los familiares y amigos de estos permanecían recluidos en sus casas, siempre temerosos de ser ellos los siguientes en ser arrestados. Corrían rumores de torturas e incluso ejecuciones en lugares secretos que los grupos de seguridad del Estado poseían en las afueras de las ciudades del país.

La mañana, al igual que su ánimo, le parecía fría e inhóspita a Albardo. La ancha avenida vibraba con una amenazante actividad. El trajín de la gente que iba y venía presurosa y los pesados vehículos militares que poblaban la interminable vía circundada por vigilantes efectivos policiales le aturdía. El cielo encapotado de gris acentuaba la sensación de melancólica tristeza que le oprimía el pecho y le obligaba a exhalar constantes suspiros. Durante los tres largos días transcurridos desde el atentado perpetrado en la mansión del gobernador Casad, experimentó una constante incomodidad plagada de encontrados sentimientos.

A pesar de la prohibición del gobierno impuesta a los medios de comunicación de publicar la noticia de la explosión en la fiesta del gobernador, corrían multitud de rumores sustentados por la fuerte presencia militar en las calles y las numerosas detenciones que se estaban llevando a cabo.

La noche anterior, la Policía irrumpió en el piso de su vecino, derribaron la puerta y lo arrastraron a fuerza de golpes hasta la siniestra camioneta negra sin ventanillas ni identificación bien conocida por los ciudadanos de pertenecer a la Brigada Cívica. La aparatosa escena disgustó a Albardo, pues él conocía a su vecino y le constaba que era una persona decente incapaz de cometer delito alguno.

Los rumores circulaban atemorizantes e insidiosos, ya que se referían a hechos concretos. Eran suspicacias y terrores solapados que inmovilizaban el ánimo de la gente, obligándola a encogerse de indigna sumisión cual insectos asustados.

El recuerdo de Galana le acuciaba, molesto, insistente. A lo largo de los últimos días no había dejado de recordar una y otra vez la conversación mantenida en la convención anual. No sabía bien cuál era la causa de aquella sensación de incomodidad. Experimentaba ramalazos de un sutil desasosiego sin saber muy bien qué lo provocaba. Intuía y, de manera inconsciente, rechazaba el efecto que las reflexiones del tal Tomazo expusieron a la chica.

Los firmes cimientos sobre los que había asentado su cotidianeidad comenzaban a resquebrajarse. Venían a su memoria escenas de la ejecución pública que se vio obligado a presenciar y, para su desagrado, tuvo que reconocer el porte de dignidad que los condenados ofrecieron hasta los últimos instantes de sus vidas. Aquella visión no cuadraba con la imagen de criminales depravados que los portavoces del gobierno esparcían constantemente desde los repetidores presentes en todas las casas de los ciudadanos.

Tenía la impresión de que su fe se tambaleaba peligrosamente. ¿Y si las incuestionables verdades imbuidas en las conciencias de los habitantes de Antagón adolecieran de ciertas incoherencias? ¿Por qué el Creador decidió otorgar la felicidad solo a los antagoneses y discriminaba al resto de los seres de su creación? Albardo, sin advertirlo, conscientemente empezaba a cuestionarse por qué aquellos que no compartían la fe en Diggergod eran perseguidos y castigados con tal extrema crueldad. No podía dejar de pensar en los argumentos esgrimidos por el amigo de Galana. Según este, «nos mantenían prisioneros en una oscura caverna, aislados de la luminosa realidad».

Caminaba con aire preocupado por la avenida Stainer. Estaba triste y desilusionado. Había sido testigo de la brutal detención, por parte de los agentes de la Brigada Cívica, de su vecino Graniel. Se sentía incómodo, pues no estaba de acuerdo con la actuación de los funcionarios, los cuales hicieron uso de una cruel y desproporcionada fuerza para llevar a cabo la detención de su indefenso vecino.

Sentía que su fe en el sistema inspirado por el creador Diggergod se tambaleaba. Algo estaba cambiando en su interior, tenía dudas. Normalmente ante una situación como la que atravesaba se hubiera conectado inmediatamente con su intermediario y solicitado consejo y alivio; sin embargo, para su sorpresa, tal idea le provocaba un fuerte rechazo.

Experimentaba confusos sentimientos de pérdida, mezclados con lo que él identificó como ira. Para su sorpresa, aquel arrebato de ira contenida obraba en su ánimo una clara sensación de alivio, como un fresco bálsamo que calmaba los ramalazos de dolor que parecían crecer en su alma por momentos. Sorprendido, abrazó ansioso aquella sensación de poder ausente de miedos o incertidumbres.

A medida que se adentraba en la avenida, aquella poderosa sensación fue decreciendo hasta abandonarle, dejándolo de nuevo en el estado de mansa resignación que le caracterizaba. A su alrededor, los agentes que vigilaban amenazadores el trasiego de viandantes que se apresuraban a sus destinos tan atemorizados y retraídos como él mismo componían un cuadro que le sacó de aquel conato de libertad vivido instantes antes.

4

El intermitente que delataba la presencia de personas en la puerta de la calle emitía rojizos parpadeos que solo se apreciaban desde dentro de la barra. Darío dirigió la mirada hacia su jefe, quien asintió con un leve movimiento de cabeza. Este se acercó hasta la puerta y permitió el paso a los visitantes que Tomazo aguardaba. Eran tres hombres de aspecto desenvuelto, todos ellos de edad mediana. Saludaron con un escueto «buenas noches» y penetraron en la sala. Tomazo, que aguardaba en el extremo de la barra más alejado de la entrada, abandonó su asiento y salió al encuentro de estos. Uno a uno les estrechó la mano y pasaron a una de las habitaciones privadas donde las chicas ofrecían sus servicios.

—Tomazo, todo está saliendo según lo planeado. Ahora necesitamos poner en marcha lo acordado.

Quien hablaba, Galiano, un hombre alto, metido en carnes, cargado de espaldas, que le hacía parecer más bajo, ostentaba el marcado aspecto de una persona simple y bonachona; tenía una mirada enérgica y decidida que no cuadraba con el tímido aire de sumisión característico de los ciudadanos de Antagón.

Tomazo, concentrado en lo que exponía su interlocutor, lo observaba con una chispa de inescrutable interés. Sentado indolente en uno de los tres cómodos divanes que ocupaban la habitación, tomó un sorbo del vaso empañado que sostenía en su mano izquierda sin desviar la mirada del rostro de Galiano, ahora transmutado en una máscara de pétreas facciones; lo depositó en la mesita baja asentada frente al diván, extrajo del bolsillo interior de su cazadora de paño una cajetilla de cigarrillos, encendió uno y, expeliendo el humo con estudiada parsimonia, respondió abarcando con la mirada a los tres hombres sentados frente a él:

—Darío, sírveles unas copas a los compañeros mientras Galiano y yo repasamos en privado unos detalles.

Tras estas palabras, se dirigió, seguido por Galiano, al lugar de la barra que ocupara antes de la llegada de los tres peculiares visitantes. Los dos se acomodaron sobre los sólidos asientos de cuero negro que coronaban el pedestal metálico de los taburetes que se alineaban contra el largo mostrador. Apoyados los codos sobre la superficie de plástico granate de la barra, ambos adoptaron la misma fútil postura observando ensimismados la pulida superficie del mostrador que devolvía los tenues brillos de las dos únicas lámparas que permanecían encendidas y mantenían la sala arropada por una discreta penumbra.

—Tomazo, el comité está muy satisfecho por el éxito de la acción. Sin tu ayuda, hubiera sido muy complicado introducir los explosivos en la fiesta de Casad. Tu amistad con su hija Galana ha sido primordial. Ahora pasemos a estudiar los detalles de la siguiente operación.

El escaso tráfico que se podía contemplar a través del amplio ventanal de la Cafetería Real transmitía una innegable sensación de apática tristeza. La avenida compuesta de lujosas viviendas de dos plantas, circundada por una cuidada arboleda de álamos blancos, estaba solitaria. Escasos viandantes caminaban a lo largo de las aceras, a pesar de que habitualmente a esas horas del mediodía las señoras de aquella zona residencial paseaban indolentes y satisfechas hasta el cercano distrito comercial, donde había un buen número de tiendas de moda femenina y varios suntuosos centros comerciales que ofrecían toda suerte de las novedades tan codiciadas por estas.

Sentado a una de las pretenciosas mesitas de piedra veteada y hierro forjado que enfrentaban el mundo de fuera de la cafetería, Tomazo apuraba pensativo una diminuta taza de café negro que acompañaba con los cigarrillos importados que fumaba sin cesar. Ensimismado, repasaba la conversación que emprendería en cuanto Galana llegara. No le había resultado difícil quedar con ella, pues durante uno de los varios encuentros que mantuvieron, ella, elaborando un pícaro mohín, le apuntó su número de teléfono en el dorso de la mano, al tiempo que lo animaba a que la llamase cuando lo deseara.

Era evidente que Tomazo le gustaba. Aquel aire petulante suyo, que rozaba la frontera de lo barriobajero de la que él hacía gala en todo momento, la excitaba. Le resultaba atractivo. Habituada como estaba a la deferencia que despertaba entre la corte de admiradores masculinos pertenecientes a las familias de la clase dominante del país que hormigueaban a su alrededor precisamente por ser la hija del embajador Casad, la premeditada indiferencia que Tomazo le demostró durante el primer encuentro que mantuvieron, la irritó y la impulsó a desear ganarse la atención de «aquel grosero ordinario» que se atrevió a ignorarla, como si ella fuese cualquier chica de barrio sin clase ni educación.

Galana no podía deshacerse de los dantescos recuerdos de lo ocurrido días atrás. En unos vertiginosos instantes, el mundo asentado en su amable cotidianeidad se desplomó ante sus ojos. La maldad humana se materializó en toda su crudeza. Los sólidos e inamovibles cimientos sobre los que transcurría su vida se desvanecieron en un inmisericorde vacío.

El frío dolor que amenazaba con paralizarla dio paso a una mescolanza de ira e indiferencia. Aquellos encontrados sentimientos obraron el efecto del bálsamo que su corazón y su cabeza necesitaban. El recuerdo del joven Tomazo, observándola con aquella mirada cargada de insumisa arrogancia, le transmitía una reconfortante sensación de seguridad. La desafiante altanería que emanaba de su persona despertaba en el corazón de Galana la irrefrenable necesidad de estar cerca de él y pedirle sin palabras que la protegiese de la avalancha de los dolorosos sentimientos de indefensión que amenazaban con aplastarla.

El apuesto joven era todo lo contrario a ella. A pesar de que en un principio intentó esquivarlo, presa de las insidiosas dudas que debido a la diferencia de clases a las que ambos pertenecían la molestaban, él fue persistente. A medida que compartían ideas, ella comenzó a percibir el mundo desde una perspectiva diferente.

Galana caminaba con actitud ausente por la impersonal avenida. Sus pasos repiqueteaban interpretando un cansino ritmo que parecía delatar la sensación de abatimiento de sus tristes pensamientos, mientras se dirigía a la Cafetería Real, donde iba a encontrarse con Tomazo.

Los tonos cálidos que adornaban la tarde le parecían desapacibles a su alma, pues en su interior un torbellino de contrapuestas emociones la envolvía.

Las peculiares circunstancias en las que conoció a Tomazo habían despertado en ella indefinidos sentimientos de desconfianza. La sombra de la duda alejaba la posibilidad de establecer una conexión entre ambos. Sin embargo, inexplicablemente, las hilachas de prejuicios comenzaron a desprenderse, mientras se dirigía a encontrarse con él. Galana se sorprendió a sí misma reflexionando sobre la extraña atracción que experimentaba.

Cuando ya estaba cerca de la cafetería, se paró un momento frente a la puerta. Entonces, decidió entrar e intuyó que aquel encuentro marcaría el inicio de una historia diferente que auguraba una amalgama de intensos sentimientos.

★★★★★

La interminable pista de la terminal internacional del aeropuerto de Ciudad Bolsano parecía absorber con glotonería el ardiente caudal que derramaban los rayos del implacable sol de agosto, creando los espejismos que expelía la negra superficie de la pista que semejaba amenazar con diluirse hasta convertir el sólido pavimento asfaltado en un viscoso río moviente.

La silueta de un siete cuatro siete, que se aproximaba desde la lejanía remolcado por el minúsculo *push-back* que parecía jadear luchando por salvar la distancia que había desde la entrada de la pista hasta uno de los múltiples apeaderos que se alineaban enfrentando las bocas de los *jet bridges,* se fundía en el horizonte; las sombras se estiraban y retorcían cual atemorizantes criaturas herméticas que despertasen en aquel ardiente mediodía de agosto, el cual parecía disfrutar jugando con la realidad.

Andrea permanecía apoyado en la balaustrada de pulido acero inoxidable que delimitaba la pared acristalada de la terraza de la cafetería de la terminal internacional, que la aislaba del trasiego compuesto por el rugir de los despegues y aterrizajes de los aviones, y las idas y venidas de los *push-backs* arrastrando las cintas transportadoras que cargaban y descargaban los bultos y equipajes de los pasajeros de los vuelos comerciales.

La cafetería, convertida en el punto de encuentro donde los viajeros, inmersos en sus particulares historias, apuraban los efímeros momentos que restaban hasta el inicio de sus respectivos viajes y tomaban sus bebidas, la mayoría de ellos con las sutiles e indefinidas muestras del nerviosismo previo al embarque a las naves.

La música sutil que envolvía el ambiente, interrumpida a ratos por las impersonales voces femeninas o masculinas que anunciaban los avisos pertinentes, creaba una atmósfera de irreales expectativas. Ajenas a las rutinarias secuencias de las vidas que se representaban en el día a día de las ciudades y pueblos del país, influían en el ánimo de Andrea, quien, pensativo, repasaba en su memoria la reciente conversación mantenida con su hermano Tomazo.

Permitió que el sentimiento de nostalgia que comenzaba a embargarle fluyera libremente en su corazón; frente a él, la visión de la plaza del mercado de su pueblo rezumando la intensa vida que se desarrollaba cada día apenas amanecida la mañana le provocaba un intenso sentimiento de ternura. La sinfonía de sonidos y colores de los años de su infancia se desplegaba de nuevo mágicamente ante sus ojos. Vívidas imágenes de escenas protagonizadas por su hermano pequeño Tomazo y él mismo se mostraban cobrando un aire de realidad apabullante. Tomazo, encogido, sollozando con aquel aire desafiante que le caracterizaba, debido al profundo corte infligido al caer desde una de las robustas ramas del centenario roble, testigo de las alegrías y desgracias acaecidas al pequeño pueblo del sur del país donde

Andrea y su familia nacieron y crecieron, hasta que la vida, con sus vaivenes, alterara las inamovibles rutinas de todos ellos.

Andrea se vio de nuevo consolando al pequeño Tomazo, quien con forzado orgullo intentaba mostrarle a su hermano mayor el arrojo y la valentía de los que hacía gala al restar importancia al feo corte de su rodilla izquierda, el cual, una vez cicatrizado, le acompañaría para siempre.

Bansía, el lugar donde ambos se criaron, era un pueblo costero a orillas del Gran Océano, al sur de Antagón. Contaba con unos cinco mil habitantes, cuya modesta economía se basaba en la agricultura y la pesca.

Los veranos, templados por las brisas oceánicas, invitaban a participar en alegres celebraciones donde se derrochaban canciones, bailes y músicas incesantes.

El barrio de los pescadores era el único mundo que Andrea y su hermano pequeño conocían. Sus calles ostentaban nombres relacionados con la pesca y la marinería. Las casas del barrio se agrupaban en torno al patio comunitario, donde se compartían el pozo y los lavaderos. Todas las puertas de las humildes casas ostentaban la imagen de Benaiten, patrona de los pescadores y los marineros, prohibida desde la instauración del nuevo régimen.

Manod, el padre de los dos hermanitos, al igual que el resto de los vecinos del barrio, ganaba un exiguo jornal faenando en el mar todo el año, mientras que su esposa, la señora Vina, además de las faenas de la casa, se hacía cargo de vender en el mercado de la plaza mayor el fruto de la pesca.

Andrea tenía ojos marrones, inquisitivos, que delataban su naturaleza apasionada. El pelo, muy negro, se le derramaba por la frente casi ocultando su mirada. Era inquieto e intuitivo. Ya desde su niñez, no soportaba realizar las tareas rutinarias que su padre le imponía, rasgo de su carácter que le costaba continuas regañinas y castigos, que él soportaba estoicamente, no sin cierta satisfacción por haberse salido con la suya, con la absoluta seguridad de que volvería a reincidir en cuanto la situación lo requiriese.

El pequeño Tomazo, por su parte, era testigo de los dramáticos altercados que provocaba su hermano mayor. Observaba encandilado, procurando no perderse ni el más mínimo detalle de aquellas tremendas situaciones. A pesar de su corta edad, sin ser consciente de ello, tomaba buena nota de la relación entre las faltas que Andrea cometía y la magnitud de los castigos. Al parecer, tales estudios le sirvieron en el futuro para evaluar la equivalencia entre los riesgos y las consecuencias que le podrían acarrear a la hora de organizar sus actividades delictivas.

Aquella resiliencia se manifestó de manera diferente en los hermanos. El profundo resentimiento que Tomazo acumuló a lo largo de los años de penurias le empujó hacia sombríos caminos, alimentado por la astucia y perspicacia desarrolladas durante la niñez. Sus decisiones, a pesar de ser moralmente cuestionables, él las justificaba de acuerdo con su peculiar ética y una irascible visión de la inutilidad de la justicia, que «beneficiaba a los ricos y perseguía a los pobres».

Andrea, por su parte, se volcó en un panorama más simplista y aceptable de la condición humana y de los poderosos, quienes dictaban las reglas en su país, basadas en un concepto del bien y el mal perfectamente equilibrado, asentado en el premio y el castigo.

Tomazo padecía una mezcla de rabia y amargura tratando de convencerse de que las horribles consecuencias del atentado perpetrado en la mansión del embajador Casad eran la respuesta legítima a las injusticias que había enfrentado a lo largo de toda su vida.

«Los esclavos encorbatados, que visten trajes caros, son los verdaderos criminales. Ellos cometen los delitos sentados en sus despachos. Tienen el poder y el dinero para crear la justicia a la medida de sus intereses. Mienten, manipulan y desangran las vidas del resto de los otros esclavos, los desfavorecidos borregos postergados en sus miserables rincones, atemorizados, agradecidos de poder vivir sus miserables existencias, ignorantes de lo que realmente significa estar vivo», cavilaba mientras repicaba los dedos de su mano izquierda sobre la aplanada cajetilla de cigarrillos importados, y fulminaba la tarde con una mirada cargada de inquietante violencia contenida.

El mediodía había avanzado imperceptiblemente. Dentro de pocas horas, en cuanto la tarde se hiciera bien presente, los ciudadanos de Ciudad Bolsano empezarían a recluirse en sus casas y las fuerzas del orden y el ejército tomarían el protagonismo en las calles para asegurar el cumplimiento del estricto toque de queda decretado por el gobierno.

Poco a poco, la avenida del Advenimiento se iba quedando solitaria, pues el gobierno había adelantado el toque de queda a las cinco de la tarde y restaban apenas dos horas para que entrara en vigor el mandato de confinamiento decretado. Apenas se observaban ya unos pocos transeúntes y algunos aislados automóviles circulando por esta ordenadamente.

Tomazo y Galana, sentados a una de las mesas de la solitaria terraza de la Cafetería Real, se miraban a los ojos. Ella, con el torso inclinado hacia adelante y una indefinida expresión de forzada calma en sus ojos; él, tranquilo y exultante.

Una leve brisa refrescaba el aire de la tarde que estaba a punto de eclipsar el mediodía ya caduco.

—Galana, me alegro de que hayas venido. ¿Cómo te encuentras? —preguntó Tomazo, que unos segundos antes había compuesto una encantadora sonrisa que mantenía inalterable sin dejar de observar la profunda mirada de la muchacha, tomando entre las suyas las cálidas manos de ella.

Galana, con un tono quedo, casi inaudible, respondió:

—No sé muy bien cómo me siento. Debería estar rota, desolada o, al menos, muy triste. Pero, en realidad, experimento una calma excesiva, antinatural; ha muerto mucha gente en mi casa, mi padre está en el hospital muy grave… No sé, no sé —explicó, a la par que observaba indiferente la frenética búsqueda de una ágil ardilla de cola esponjosa y peluda, que con sus ojos vivaces y avispados inspeccionaba cada rincón de las ramas del majestuoso álamo blanco que se alzaba en el centro de la terraza de la cafetería. El suave crujir de las hojas secas bajo las patitas del animalillo, junto con el palpitar de la brisa que acompañaba la tarde, parecieron calmar la ignorada tristeza de su ánimo.

El leve roce de los dedos de Tomazo, arropándose entre la suave melena de su pelo, sacó a Galana de su ensimismamiento. Ella, agradecida, entrelazó los suyos con los de él, esbozó una triste sonrisa y, sin permitir que Tomazo liberase sus manos de las suyas, le dijo:

—Gracias por estar a mi lado. Estoy tan confundida que ni siquiera puedo ordenar mis pensamientos para intentar reponerme. Haber acudido a tu llamada me ha hecho mucho bien.

Verte aquí, dispuesto a charlar conmigo e intentar comprender cómo me siento me ha calmado. El simple hecho de saber que puedo contar contigo y desahogar mis agobios me produce un impagable alivio.

—En aquel preciso instante, Tomazo liberó su mano derecha de las de Galana, rozó los labios de la muchacha con sus dedos interrumpiendo su monólogo y le habló:

—Galana, no te preocupes. Te entiendo perfectamente, sé por lo que estás pasando, cómo te sientes; yo estoy aquí para ayudarte, para que no atravieses sola esta desgraciada situación. —Y deslizando suavemente sus dedos por los entreabiertos labios de Galana, acercó su cara a la de ella y la miró intensamente.

»Te diré lo que vamos a hacer: vente a mi casa, preparo una sencilla cena y abrimos una botella de vino slagano. Te relajas, y yo me encargaré de que tu tristeza desaparezca. —Dicho esto, se levantó de su asiento y tomó delicadamente a Galana por los hombros, invitándola a que le imitase.

Ella, inconscientemente, secundó la suave pero imperiosa sugerencia de Tomazo. Se levantó de la silla y cabeceó como intentando despejar sus ideas, que parecían estar abotargadas; se retiró de él dando un paso atrás y, mesándose los revueltos cabellos con ambas manos, con una media sonrisa apenas dibujada, se dirigió a este y le dijo:

—Tomazo, quiero que entiendas que necesito estar sola, debo lidiar con todo esto por mí misma. Hoy no sería una compañía muy agradable. Ya nos veremos cuando las aguas regresen a su cauce. Gracias por la ayuda que me estás prestando. —Y sin más dilación, abandonó la terraza y se alejó camino de la avenida del Advenimiento, que aparecía solitaria, desdibujada por los claroscuros que proyectaban los mortecinos trazos amarillentos de las luces de las farolas erguidas en sus orillas.

★★★★★

La casa del embajador Casad alcanzaba la categoría de mansión. Estaba ubicada en la zona limítrofe con la sede del gobierno de Ciudad Bolsano, la principal zona residencial de la ciudad habitada por un vecindario selecto de gente adinerada afín a la cúpula de poder del país.

Tenía tres plantas, varios dormitorios, cuartos de baño, dos grandes y espaciosas cocinas, y dos espectaculares salones; el de la primera planta estaba destinado para albergar las reuniones de trabajo, así como lugar de esparcimiento; el otro salón, ubicado en la segunda, era una magnífica biblioteca que atesoraba cientos de lujosos volúmenes ordenados en pulidas estanterías de caoba adosadas a las paredes que se elevaban hasta tocar el techo.

Varios días después de la devastadora explosión provocada por los caminantes, un ejército de obreros se había encargado de reparar los daños, y el salón lucía lujoso e impecable, como si nada hubiese ocurrido en la casa, como un símbolo del irreductible poder de los seguidores de la ficticia figura de Diggergod.

Galana, pensando en su reciente encuentro con Tomazo, de regreso a casa, fue directamente al salón de la primera planta; se acercó a la acristalada estantería donde reposaban numerosas botellas de vinos y licores, cogió un vaso largo de los que había sobre una lujosa mesita de cristal guarnecida por un marco de metal dorado, y escanció una generosa cantidad de *scotia*.

Apoyada en uno de los brazos del largo sofá de cuero amarronado, apuró de un trago la mitad del ambarino líquido, y suspiró disfrutando agradecida la plácida sensación que la invadía, a la par que observaba el lujoso salón.

En el tercer piso de las dependencias de la Brigada Cívica, la sala de reuniones estaba cargada de la tensión resultante de los recientes sucesos, los insistentes chasquidos de las radios que portaban los agentes y los timbrazos de los teléfonos que sonaban con machacona persistencia; los ventanales de la espaciosa oficina mostraban el azul de una brillante mañana que iluminaba con incongruente placidez el interior del cuartel general de la sección política del temido cuerpo policial.

Galana parecía haber superado la inoportuna tristeza que la invadió el día anterior. Tomando las riendas de su voluntad, cuando dejó a Tomazo en la Cafetería Real, llegó a su casa y, después de apurar un par de tragos, tomó una reconfortante ducha, se zambulló en su cama y en apenas un minuto se sumió en un profundo sueño.

Despertó fresca y decidida para retomar sus obligaciones como inspectora jefe.

Los agentes a su cargo revoloteaban alrededor de las mesas de trabajo y de las amplias pizarras blancas recopilando y comparando las cifras y los datos que parpadeaban en los monitores de las computadoras, que no cesaban de mostrar las constantes actualizaciones de lo que sucedía en el ámbito de la ciudad.

Galana, con la mirada alterada por un compulsivo brillo de excesiva decisión, dirigía la operación trazando estrategias y acuciando a su equipo en su afán por controlar el disparatado caos que se había declarado entre los diferentes departamentos de seguridad del Estado.

Los caminantes habían logrado con éxito sacudir el apático desinterés en el que se desenvolvían las vidas de los habitantes del país, sobre todo los de Ciudad Bolsano.

El reducido estudio que Albardo habitaba desde su ingreso en Narod Comarcal albergaba un mundo de sensaciones. El compacto dormitorio le ofrecía el cálido refugio donde se recluía cada día al término de su jornada de trabajo. El único cuarto que hacía las veces de sala de estar y dormitorio carecía de ventanas. La cama, situada en el centro de la estancia, apenas ofrecía lugar para una desabrida mesa de formica de un desgastado verde grisáceo, sustentada por cuatro escuálidos tubos de aluminio rematados por deshilachadas conteras de goma.

★★★★★

—Ciudadanos, con profunda tristeza he de comunicaros la noticia de los despiadados asesinatos perpetrados por aquellos que se llaman a sí mismos «caminantes». El pasado día de la conmemoración del Advenimiento, durante la ceremonia que se celebró en casa de nuestro querido embajador Casad, tuvo lugar un atentado con explosivos, causando numerosas víctimas mortales y un elevado número de heridos. Entre los fallecidos, se encuentra el director general Abasco. El embajador Casad, por la gracia de nuestro Creador, sobrevivió al ataque, aunque su estado es grave. Todos suplicamos a nuestro amado Diggergod que permita que se recupere cuanto antes.

»Este salvaje acto no quedará impune. Nuestras eficientes fuerzas de seguridad, junto con el ejército, sin lugar a duda, darán con los miserables responsables de la brutal matanza, y les aseguro que en cuestión de días estos serán detenidos y pagarán el alto precio que merecen por sus inicuas maldades.

»En nombre de nuestro creador Diggergod, conmino a todos y cada uno de los ciudadanos de bien a que se unan a la sagrada tarea de dar caza a los caminantes, comunicando a las autoridades de sus distritos sobre cualquier actitud sospechosa que les llame la atención. Tened la seguridad de que sus denuncias serán tratadas anónimamente para que se vean libre de temores a las represalias por parte de esos malhechores.

»Permaneced ojo avizor día y noche. Diggergod lo ve todo y recompensará a todos aquellos que cooperen en la detención de los caminantes.

El cuarto estaba en penumbra. Albardo yacía desmañado en su cama entre un revoltijo de sábanas y mantas. Los afilados ramalazos azulencos que expelía la pantalla repetidora que presidía la escena en el pequeño dormitorio dibujaban débiles líneas luminosas que semejaban infligir finos cortes en su rostro.

La histriónica arenga recién emitida por el intermediario de turno desde la sede que controlaba las emisiones de las pantallas repetidoras parecía aún flotar en el opresor ambiente de la habitación, a la par que una hipnótica musiquilla sonaba interminable desde el monitor.

La brutal detención de su vecino, un hombre de probada honradez, pacífico, dedicado a su trabajo, le había dejado un incómodo regusto que le molestaba. Haber presenciado impotente cómo la policía irrumpió en la vida de alguien que él consideraba un ciudadano ejemplar, libre de cualquier sospecha, había creado una insidiosa impresión de vacío difícil de ignorar.

5

Sin dejar de observar la pantalla del monitor, la incesante cantinela de la música que acompañaba las instrucciones de los intermediarios y embajadores se esparcía por el reducido dormitorio. Distante, insustancial…, le provocaba una incómoda emoción que le desagradaba.

Los mensajes recién notificados le sonaron huecos, vacíos. Atemorizado, Albardo procuraba rechazar aquellos abominables pensamientos que, de forma tan inesperada, le asaltaban y le provocaban un frío malestar en el estómago, como un nudo que retorcía una maraña de cuerdas conectadas a sus órganos, interpretando por heladas mariposas una danza cuyas alas rozaban las paredes internas de su cuerpo, dejando un rastro de cáusticos escalofríos.

Un inaudito deseo crecía dentro de sí: la irrefrenable necesidad de silenciar aquella música que nacía incansable del aparato monitor. Furioso y asustado, se incorporó en la cama y observó a su alrededor. El cuarto, hasta ese momento símbolo de su reconfortante seguridad, se había transformado ante sus ojos. La tenue penumbra que lo envolvía pareció solidificarse, tornándose pesada e impenetrable. Aquella irritante negrura vibraba en sus oídos, azotando sus sentidos con electrizantes zumbidos.

Albardo, de pie frente al monitor, observaba insistente la estancia veteada de rasgaduras luminosas. Su único deseo en aquel momento se reducía a silenciarlo. Intentaba pensar, hallar una manera de poner punto final a aquella densa melodía que amenazaba con desquiciarle.

Presa de un irracional remordimiento, arremetió contra el aparato, a sabiendas de que la única manera de silenciarlo sería destrozándolo, pues estaba empotrado en la pared sobresaliendo dos o tres centímetros y carecía de un interruptor de apagado. Obcecado, se apresuró hasta el cuarto de baño, cogió una de las dos pequeñas toallas que colgaban de la barra de plástico adosada en la pared a la derecha del lavamanos y, con paso vacilante, se acercó a la pantalla y la cubrió con el paño.

Aunque la música llenaba el aire del cuarto, los eléctricos parpadeos ya no contaminaban las recónditas sombras que lo envolvían. Entonces, agradecido, suspiró aliviado, se giró hacia la cama y se recostó desmañado. Una sensación de paz se apoderó de sus sentidos, reptando desde las piernas hasta alcanzar su cabeza; los párpados se le cerraron lentamente, al tiempo que inspiraba la suave calma que reinaba a su alrededor, y se abandonó al reparador sueño que le invadió dibujando un rictus agradecido en su cara.

Albardo caminaba confiado por una calle angosta. Los vigorosos adoquines de granito que componían el pavimento le inspiraban fortaleza y seguridad; los blancos portales de las casas que la delimitaban dejaban entrever sus umbríos patios cuajados de verdor y de variados arriates plenos de coloridas flores. Tímidos rayos de un sol que se adivinaba resplandeciente querían, en vano, evadir la férrea estrechura de la calleja sin conseguirlo. Albardo observaba complacido el amistoso entorno de las fachadas de las casas blanqueadas de cal, y los balcones y ventanas protegidos por rejas y barandas de juguetonas filigranas de hierro dulce.

Una festiva musiquilla resonaba a lo largo del callejón hasta alcanzar una plazuela que se adivinaba al final de este. Albardo, degustando el sentimiento de cálida aceptación que aquella estrechura le inspiraba, se dejó llevar hasta la íntima placita, enmarcada por fragantes limoneros. Una fuente de piedra con cuatro sirenas dadoras de vida la refrescaba con las límpidas aguas que manaban de sus senos. Una suave brisa, propia del atardecer, ponía frescor en el aire. Las hojas de los limoneros se estremecían tenues, dispuestas a regalar el áspero perfume de sus frutos. Albardo ocupó uno de los bancos de mampostería que rodeaban la fuente. Era delicadamente feliz, sentía que estaba vivo. Cerró los ojos y se entregó agradecido al inusitado abandono que le poseía.

—¿Has acudido a mi llamada para romper tus ataduras, o solo para hacer un alto en tu camino por unos miserables breves instantes?

Sobresaltado, Albardo abrió los ojos. Frente a él, observándole con una divertida mirada, había un hombre de avanzada edad que, sin apartar la mirada, sonriendo, se adelantó y se acomodó a su lado en el banco de piedra y azulejos.

Aquel anciano le resultaba familiar. Había en él algo indefinido que le agradaba y repelía al mismo tiempo. Entonces, con un asustadizo hilo de voz, le interpeló:

—¿Eres un caminante?

El viejo, carraspeando ruidosamente, se levantó de su asiento y, de nuevo frente a Albardo, respondió con tono jocoso.

—Los caminantes y los durmientes sois parte del juego, cuyo único objetivo es aportar poder al invisible Creador al que han dado vida los personajes que se mueven tras los escenarios. —El anciano, sonriendo esta vez con sorprendente fiereza, se acercó a la fuente y, apoyándose indolente contra el busto de una de las cuatro deidades con forma de sirena, añadió—: En el juego se desarrolla un drama ilusorio, pero muy real para los personajes, tanto caminantes como durmientes, quienes creen ser partes independientes de la trama, cuando, en realidad, componen un cuerpo social diseñado para proporcionarles a los creadores los elementos necesarios para la supervivencia y auge de estos.

Albardo guardaba silencio. El anciano había desaparecido; la placita perfumada y generosa se había detenido imbuida de opresoras sombras que amenazaban con devorarla; la fuente, antes fresca y cantarina, estaba seca; sus cuatro opulentas sirenas de piedra parecieron cobrar vida transformadas en amenazantes criaturas bicéfalas, las cuales emitían mudas carcajadas a la par que hablaban al unísono.

—Sigue rompiendo ataduras, acércate más al abismo y arrójate sin miedo, pues, una vez lanzado, alzarás el vuelo, serás capaz de abrazar el principio de los tiempos, donde todo termina y recomienza. Para obtener la libertad, deberás desechar los vínculos que te mantienen anclado en esta tierra de nadie, este limbo estático difuminado de grises oscuros…

En el aire serpenteaban cambiantes zumbidos cual primigenias colosales melodías. Albardo, fascinado, sentía ser parte de aquella fantástica música arropada por un oscuro manto hacia el que ascendía atraído por una magnética voz profunda que parecía articular su nombre.

—Albardo, acepta lo que está por venir. La semilla emergerá portadora del sustento de dolor y sufrimiento que la liberará…

Albardo, incapaz de soportar la ensordecedora voz, quería cubrirse los oídos con las manos. La insoportable tortura se transformó en amenazantes truenos que estallaban dentro de su cabeza.

Los golpes en la puerta lo sacaron bruscamente de su letargo. Se levantó con torpeza de la cama, se aproximó a esta tambaleante y la abrió. Frente a él se encontraban dos policías de uniforme. Uno de ellos se adelantó, lo tomó con fuerza del brazo y le conminó:

—Albardo Palmares, queda usted detenido por conducta blasfema y atentado contra la seguridad nacional.

El frío contacto de los grilletes alrededor de sus muñecas lo sacó de su aturdimiento y tomó conciencia de la situación a la que se había visto arrastrado por su incontrolada reacción al tratar de silenciar la pantalla repetidora de su habitación.

Albardo no era un hombre valiente, no estaba habituado a enfrentar las adversidades; se dejaba amilanar por las situaciones inesperadas que alterasen su inamovible rutina, siempre procuraba evadir cualquier enfrentamiento.

Los policías lo miraban indiferentes mientras lo escoltaban escaleras abajo. Un furgón negro de la temida Dirección General de Seguridad aguardaba aparcado frente a la entrada del edificio; ante la vista del ominoso vehículo con sus parpadeantes luces azules destellando, el frío de la noche pareció instalarse en su estómago. Uno de los uniformados policías le instó con rudeza a entrar en la camioneta. Las esposas le provocaron un pánico frío que le congelaba las entrañas. El miedo se apoderó de Albardo. El interior del vehículo resultaba opresivo; el contacto del metal contra su espalda le producía escalofríos; cada sacudida de la camioneta se traducía en un recordatorio de lo que le esperaba; los claroscuros proyectados en las paredes de esta insinuaban siniestras imágenes que desbordaban su imaginación; un sudor pegajoso resbalaba por su frente a la par que la frialdad del metal de las paredes de la camioneta le atravesaba los huesos.

Una ingrata sensación de impotencia lo envolvía. El terror que le atenazaba le impedía respirar. Aquel miedo irracional le oprimía el pecho, amenazando con reventarlo. Sentado en el asiento metálico atornillado a la pared, luchaba por mantenerse erguido, pues el odioso furgón policial circulaba con excesiva velocidad sobre el tosco empedrado de las calles secundarias. En un giro abrupto, la fuerza del vehículo lo arrojó hacia adelante como una marioneta desmañada. En un intento por resistir la embestida se golpeó la cabeza contra el borde de la plancha metálica que hacía las veces de asiento. Encogido de dolor, se cubrió la cabeza con las manos, la hundió entre las rodillas, aturdido, y cuando sintió que no podría soportar por más tiempo el paralizante terror que le asaltaba, surgió con fuerza destructiva una emoción desconocida. Todo su cuerpo se envaró; sus manos temblorosas se tensaron, un brillo de fiera ira transformó su timorata mirada. El miedo había desaparecido.

Había sufrido una transformación irreversible que lo obligaba a transitar por caminos insospechados. Por primera vez experimentó la reconfortante y vital emoción de la ira. Gracias a aquella brusca liberación saboreó la dulzura del reencuentro con un ignorado yo que latía atrapado en los ominosos cenagales de sus fantasmales terrores. Fue capaz de atravesar los ilusorios espejos que enmarcaban su mísera cotidianidad y abrazar los verdaderos sufrimientos, llantos y alegrías del hombre nuevo. Por primera vez en su vida abandonó las emponzoñadas suposiciones para convertirse en el hombre creador.

6

Ya en las dependencias de la Dirección General de Seguridad lo condujeron a uno de los estrechos calabozos del sótano. El maligno portazo de la sólida puerta de hierro, al cerrarse, lo redujo a un estado de fatalista resignación. La celda, apenas iluminada por una amarillenta bombilla cubierta por una espesa capa de polvo ceniciento, despedía el intenso olor a humedad que expelían las paredes de hormigón. El liberador estallido de ira sufrido en el furgón había desaparecido, dando paso a la humillante condición que lo sumió en el estado de un animal asustado.

A pesar de todo, Albardo intentaba mantener la calma, repitiéndose a sí mismo el patético mantra de que «tenía que ser fuerte, que no iba a ceder ante el miedo». Trataba de concentrarse en su respiración, luchaba por hallar un resquicio de serenidad en el fondo del pozo de negrura al que se había precipitado.

Un compulsivo estado de arrepentimiento lo invadió. Convulso y lloroso, se arrodilló en el suelo, cruzó los brazos contra su pecho e, inclinando la cabeza en el gesto de humildad que todos los ciudadanos de Antagón debían adoptar al dirigir sus plegarias al Creador, musitó entre sollozos entrecortados:

—Amado Diggergod, tu humilde sirviente te implora misericordia. Espero agradecido el castigo que merezco por mis pecados de soberbia. —Y postrándose contra el áspero pavimento hasta rozar su frente y las palmas de las manos contra este, continuó—: Diggergod, limpia mis impurezas. Diggergod, castiga mi soberbia. Diggergod, acepta mis plegarias.

—Diggergod, Diggergod, Diggergod.

—¡Eh, tú, levántate!

Sobresaltado, Albardo se alzó a medias, quedando de rodillas. Frente a él, un delgaducho policía de aspecto siniestro le zarandeaba sin miramientos el hombro. Compungido, se incorporó entumecido y extendió los brazos, aguardando a que el funcionario le pusiera los grilletes.

—¡No! —espetó el desagradable policía—. ¡Te vas de aquí!

Dicho esto, ambos tomaron las escaleras y subieron hasta la planta principal. El policía lo condujo a uno de los espaciosos despachos que se alineaban a lo largo de un corredor. Allí lo recibieron un rechoncho inspector vestido de paisano, quien no ocultaba el desprecio que le inspiraba el amilanado detenido, y Galana, quien, a su vez, lo observaba con expresión adusta.

El comisario se adelantó y se plantó amenazador muy cerca de Albardo. Entonces, Galana se dirigió autoritaria a su subordinado y le interpeló:

—Ramian, déjenos solos.

El comisario, a punto de enfrentarse al detenido, se giró bruscamente hacia Galana y respondió disgustado:

—A la orden, inspectora jefe. —Y abandonó la oficina.

Galana, apoltronada en una incómoda silla metálica a la mesa del despacho, indicó con la mirada al sorprendido Albardo la única silla que había frente a ella.

—¡Vaya, señor Albardo!, nunca me hubiera imaginado que nos encontraríamos en estas dependencias. Acabo de leer el informe de su detención y no alcanzo a comprender lo sucedido. —En ese punto se detuvo observándolo con suspicacia y, tamborileando los dedos de su mano derecha sobre la metálica superficie de la mesa, aseguró—: Así es que me va a contar con todo lujo de detalles lo ocurrido en su habitación el día de su detención.

Albardo, con marcada excitación que resultaba palpable en el tono de su voz, se entregó con malsana sumisión a la tarea de exponer sus más íntimos sentimientos y emociones a Galana, quien, aunque parecía observarlo aparentemente distraída, sus inquisitivos ojos no perdían detalle, buscando en las expresiones de él la veracidad de su confesión. Entre ellos había dado comienzo una danza de emociones y sutilezas cargadas de dudas y expectativas.

La tarde había refrescado procurando un agradable alivio al brumoso sofoco que la envolvía desde la calurosa mañana. El trajín de la gente, que transitaba apresurada para recogerse en sus casas, y de los vehículos, casi todos «coches oficiales» que rodaban con manifiesta indolencia por la recta avenida desnuda de arboleda, ofrecía un ambiente de tristona melancolía que, sin lugar a duda, influía en el ánimo de Albardo.

El interrogatorio al que Galana lo había sometido lo redujo a un malsano estado de angustiosa sumisión. Sin dejar de caminar, andaba absorto, hundido en un hipnótico trance. Perdido en aquel irreal duermevela, revivía en su imaginación la conversación mantenida con ella.

—Albardo, espero que seas consciente —de nuevo, lo tuteaba— de la gravedad de tu situación. Has incurrido en el delito más grave que se pueda cometer. —Hizo una dramática pausa, a la vez que lo miraba con fijeza a los ojos y apuntó—: La blasfemia. Has renegado con violencia de los dictados de nuestro amado Creador al intentar destruir el instrumento que difunde sus sagradas palabras, a las que todos los ciudadanos de Antagón tenemos derecho, y así has admitido que reniegas de tu fe.

—Quiero pensar que sufriste un arrebato pasajero. Creo que eres un hombre honrado que se ha dejado llevar por la perversa influencia de esos malignos caminantes y sé que estás arrepentido, pero debo respetar la ley a la que sirvo. —Se detuvo un breve instante y prosiguió—: La pena por blasfemia y herejía oscila entre los quince y treinta años de prisión y, en algunos casos, el ajusticiamiento público.

Al llegar a ese punto, se irguió con deliberada parsimonia y anduvo contoneándose hasta situarse a espaldas de Albardo, quien, silencioso, intentaba contener el temor que amenazaba con hacerse visible en sus ojos.

—Necesito que confíes en mí. Con mi ayuda podremos conseguir que Diggergod te perdone y recuperes tu libertad como ciudadano amante de los preceptos de nuestro Creador.

Albardo procuraba ordenar el caos de contradictorios sentimientos de rabia, culpa, el sórdido deseo de ser castigado y una acuciante necesidad de someterse a la autoridad de Galana.

Abrumado por la brutalidad de los recientes sucesos acaecidos en la residencia del embajador Casad y la cruel represión ejercida por el gobierno sobre los ciudadanos, dando como resultado el impensable ataque de violencia que provocó su detención por los agentes de la Brigada Cívica, se había hundido en un irrefrenable deseo —que yacía latente en su conciencia— de aligerar el peso soportado durante toda su vida de su indefensión frente al poder ejercido por la omnipresente figura del ficticio Diggergod.

Encorvado en su asiento y con la mirada fija en las manos que tenía posadas sobre las rodillas, Albardo profería entrecortados suspiros que le conferían un aspecto desolado e indefenso. A su espalda, Galana aguardaba el desenlace que sabía que ocurriría en unos breves segundos.

Albardo mostraba signos evidentes de agotamiento. El temblor constante de sus manos y su respiración acelerada e irregular delataban el estado de ansiedad que atravesaba. Su conflicto interno se intensificaba. Cada minuto que pasaba lo sumergía más y más en su estado de desesperanza y vulnerabilidad.

Finalmente, la lucha interna alcanzó su clímax. Exhausto, tuvo que rendirse ante la evidencia de su propia debilidad. Admitió y aceptó la ineludible verdad: necesitaba sentirse humillado por Galana. En ese momento de rendición, Albardo experimentó la agridulce liberación de sentir el cese de la lucha, encadenada ahora a una nueva forma de sumisión que él había elegido para sí mismo.

—Muy bien, ¿de qué se trata? —claudicó, libre al fin de la angustiosa ansiedad que lo torturaba.

En un recoveco rincón del calabozo, apenas iluminado por la tímida claridad de la amarillenta lámpara adosada en el centro del techo, Albardo pudo observar el rostro apenas visible de una figura recostada indolente contra la áspera pared de cemento sin enfoscar que enfrentaba la sólida puerta de metal de la celda donde había sido conducido por orden de Galana.

La oferta que aceptó como parte del acuerdo que redundaría en su liberación sin cargos implicaba el ingreso en el calabozo que ocupaba Garballo, uno de los cabecillas de los caminantes, intentar ganarse su confianza e infiltrarse en el grupo disidente. Para ello,

Galana contaba con que el carácter timorato falto de maldad de Albardo le allanaría el camino para conseguir su propósito.

Un embarazoso silencio llenaba el ambiente de la sórdida celda. Sin saber muy bien dónde ubicarse, Albardo caminó despacio hacia la esquina opuesta, donde se hallaba el silencioso compañero de celda; se detuvo y, carraspeando, saludó quedamente:

—Hola, me llamo Albardo.

El desconocido se rebulló en su rincón y gruñó casi en un murmullo:

—Oye, no estoy de humor para conversaciones. Déjame tranquilo y descansa, si puedes.

Albardo, haciendo gala de una infantil audacia, respondió con vehemencia.

—Quiero ser uno de vosotros, odio todo lo que tiene que ver con Diggergod.

El hombre se incorporó y avanzó lentamente hacia Albardo. De cara cuadrada y mandíbula fuerte, cabello negro que raleaba en la coronilla, lo atravesaba con la mirada intensa y penetrante de sus ojos marrones muy oscuros. Lo arrinconó contra la pared y, haciendo presa en su cuello con la mano izquierda, hundió su cara contra la del asustado Albardo y musitó con un tono de violencia contenida en la voz:

—Escucha, payaso, yo no te conozco. Ahora mismo me vas a contar quién eres, por qué estás aquí y qué es lo que sabes de mí para atreverte a hablarme como lo has hecho. Si no me gusta lo que me cuentes, ten por seguro que sales de este calabozo con los pies por delante.

Albardo, aterrorizado, sin apenas resuello, a punto de llorar explicó a su peligroso antagonista las razones que había acordado con Galana para convencerlo de su sinceridad.

El hombre, a medida que Albardo vertía a trompicones sus endebles explicaciones, aflojaba la presión de su mano que, como una férrea garra, atenazaba el cuello de su atemorizada víctima.

Finalmente, Garballo suavizó su ira y, aunque lleno de desconfianza, reveló su nombre y lo escuchó sin abandonar su innata suspicacia.

7

Antagón se preparaba para un acontecimiento sin precedentes desde la toma del poder por los seguidores de Diggergod. La férrea dictadura teocrática había solicitado el ingreso como miembro de pleno derecho en la CED (Coalición de Estados Democráticos), compuesta por los países de la Unión Slagana (Slagana, Cracya y Valacya), como una oportunidad para cambiar su imagen de cara a la comunidad internacional.

El gobierno de Antagón dio comienzo a una campaña de embellecimiento de la capital, Ciudad Bolsano, sin precedentes. Las plazas y fachadas de los edificios históricos se renovaron; en las avenidas se remozó el alumbrado público; un ejército de trabajadores instalaba un sinnúmero de banderolas y adornos floridos que enlazaban los postes de las farolas que las flanqueaban.

Ocultas tras aquellas fachadas de esplendor y apertura, patrullas de agentes de la Brigada Cívica irrumpían en los domicilios de los elementos sospechosos de disidencia y, empleando la habitual brutalidad, los apaleaban e ingresaban en las dependencias del nefasto departamento policial. La limpieza llevada a cabo con eficiencia militar buscaba asegurar que ninguna voz enturbiase el relato que el gobierno ofrecía de un Antagón pacífico y democrático.

Un ambiente de miedo y autocensura atenazaba a aquellos que se atrevían a mirar más allá de la falaz imagen pública que el gobierno pretendía ofrecer a la comunidad internacional.

La necesidad del país de obtener la membresía de la CED no era simplemente una maniobra política. Para Antagón, atrapado por sanciones internacionales y el aislamiento que había mermado su economía, el ingreso en la CED suponía una tabla de salvación para su clase dirigente, ya que pertenecer a la Coalición de Estados Democráticos significaría el acceso a mercados libres, inversiones extranjeras y tecnología avanzada que estimularía la infraestructura del país y sanaría su economía e implicaría el reconocimiento de legitimidad por parte de las naciones demócratas.

La oficina de Andrea, dependiente del Departamento de Seguridad Nacional que ocupaba toda un ala de la terminal internacional del aeropuerto de Ciudad Bolsano, hervía con desmesurada actividad.

Faltaban dos escasos días para la llegada de las delegaciones de la CED a la capital de Antagón.

Las constantes idas y venidas de los agentes uniformados de negro interpretaban una confusa cacofonía de autoritarias órdenes emitidas a media voz; el roce de las páginas con los informes y actualizaciones que expelían las máquinas de fax que se distribuían sobre las dos grandes mesas de despacho, y el constante sonido de las metálicas voces que surgían de las radios que pendían de los anchos cinturones tácticos de los agentes arremolinados alrededor de Andrea, quien se multiplicaba atendiéndolos a todos ellos, al tiempo que impartía órdenes e instrucciones al coro de sus fuertemente armados subordinados.

Andrea estaba preocupado. El embajador Casad, todavía convaleciente de las heridas sufridas en el atentado perpetrado por los caminantes, había sido trasladado a su mansión, lo cual era positivo, pues establecer el protocolo de protección en el hospital hubiera resultado complicado y engorroso. Proteger la seguridad del embajador en su casa resultaba menos arriesgado.

Andrea se veía nervioso. Todos los cuerpos de seguridad permanecían en alerta desde hacía varias semanas, tan pronto como el gobierno permitió a los medios anunciar el importante acontecimiento que iba a tener lugar dentro de dos días en Ciudad Bolsano.

El peso de la responsabilidad inherente a su cargo se podía deducir por la tensa expresión de su cara y la intensidad contenida de su mirada.

Los servicios de información de la Brigada Cívica alertaban de un posible atentado, cuyo objetivo serían los diplomáticos de los países visitantes. De hacerse realidad esos pronósticos, los resultados serían catastróficos para la imagen que Antagón ofrecería a la comunidad internacional, y las promesas que los altos cargos seguidores del falso Creador se hacían de la obtención de los suculentos beneficios que acumularían en el caso de la integración de Antagón en el club de los países democráticos darían al traste estrepitosamente.

—Señor, la inspectora jefe de la Brigada Cívica quiere verlo. ¿La hago pasar?

Andrea, sentado a una de las mesas del despacho, levantó la vista del desordenado revoltijo de folios mecanografiados esparcidos sobre esta y, con un inexpresivo gesto de los ojos, autorizó al agente que la hiciera pasar.

Andrea y Galana apenas se conocían. Los cuerpos a los que ambos pertenecían operaban independientemente, por lo que este no tenía una opinión formada sobre ella. Lo poco que sabía de la inspectora se debía a las conversaciones que él mantenía con su amigo Albardo.

—Buenas tardes —saludó Galana, a la vez que se acomodaba en una de las dos rígidas sillas alineadas frente a la mesa en la que él se hallaba trabajando.

Galana, por su cargo, estaba exenta de vestir el temido uniforme negro de los agentes de la Brigada Cívica. Con el aire de seguridad que le otorgaba el cargo de inspectora jefe del poderoso departamento, su talante autoritario chocaba con el aspecto aniñado de su cara; el pelo cortado a lo garzón le daba un aire pícaro que resultaba incongruente con la firme expresión que irradiaba de sus ojos marrones; vestía unos pantalones vaqueros negros muy ajustados, rematados por unas deportivas color marfil, junto con una camisola blanca sin cuello arropada por un chalequillo negro sin mangas, desabotonado.

La tarde comenzaba a desaparecer del azulado horizonte que se podía contemplar a través del amplio ventanal de la oficina situada en la terminal del aeropuerto. El cielo despejado de nubes se desprendía de sus azules para darles paso a los oscuros rojos del sol poniente que, a no tardar, se cambiarían por las oscuridades que precederían a la noche. El pacífico ambiente del paisaje que se apreciaba más allá de las pistas del aeropuerto contrastaba con el ruidoso ajetreo que imperaba en las instalaciones de operaciones de vuelo.

Galana, con las piernas cruzadas cómodamente, aguardaba el inicio de las formalidades que darían paso al intercambio de informes e impresiones entre ambos.

Sin dejar de observarle a los ojos, se inclinó hacia adelante en su silla, pareció reflexionar durante unos segundos e inició la conversación que a todas luces traía preparada de antemano. Aparentemente interesada en observar el entorno, no perdía detalle de las expresiones que se dibujaban en el rostro de Andrea, quien permanecía tranquilo garabateando figuras geométricas en una cuartilla en blanco.

—Inspectora, es un placer coordinar con la Brigada Cívica la operación Salvaguardia. Por primera vez vamos a trabajar juntos. Espero que a los dos nos resulte satisfactoria esta cooperación entre nuestros departamentos.

—Esa es la idea, Andrea —respondió Galana sin alterar aquella expresión infantil suya que tan útil le resultaba a la hora de enmascarar sus intenciones ante sus interlocutores—. Debo confesarte que a mí también me agrada la perspectiva de trabajar juntos.

—¡Perfecto! —exclamó Andrea mientras abría uno de los cajones metálicos de su mesa de trabajo, del que extrajo una abultada carpeta repleta de papeles. Tras revisarla sin apenas demorarse, pasados un par de minutos, la deslizó a un lado y se dirigió a Galana.

»Bien, ya conoces la situación tan bien como yo. Tenemos cuatro delegaciones representantes de los países de la CED compuestas por un total de treinta personas entre diplomáticos y el personal de seguridad que los acompaña. Por mi parte, he asignado el ochenta por ciento de mi equipo a blindar el aeropuerto, tanto la terminal internacional como las nacionales, y todos los accesos a este. Los protocolos de seguridad habituales han sido elevados y, en lo que os afecta a vosotros, los servicios de inteligencia corren a cargo de la Brigada Cívica, entre otras funciones.

Galana escuchaba con atención lo que Andrea enumeraba. Aguardó en silencio sin componer ningún gesto que denotase falta de atención o impaciencia. Una vez que este concluyó la exposición de las medidas tomadas, cambió ligeramente de postura, irguió la espalda, apoyándola contra el rígido respaldar de la silla que ocupaba, y procedió a enumerar las medidas que ella y sus agentes estaban aplicando.

—Bien, yo poseo noticias muy positivas. Puedo asegurar, sin lugar a equivocarme, que tengo controlados los movimientos de los caminantes en la ciudad. —Hizo una breve pausa y siguió—: He infiltrado en la célula local a un confidente, el cual informará asiduamente de los planes de sus integrantes. Asimismo, hemos detenido preventivamente a la mayoría de los sospechosos de simpatizar con los disidentes.

Andrea, visiblemente interesado, no tardó en reclamar los detalles de la operación encubierta llevada a cabo por la inspectora jefe.

—¡Genial! Y… ¿cómo has conseguido convencer a tu enlace para que trabaje para la brigada?

Galana, satisfecha, explicó el incidente por el que Albardo fue detenido y cómo no le resultó difícil presionarlo para que accediese a interpretar el papel de simpatizante ansioso por ayudar a la causa del grupo disidente.

Andrea ocultó la sorpresa que le produjo lo que Galana le acababa de revelar. La noticia de la situación en la que su amigo Albardo estaba involucrado le creó un desagradable sentimiento de impotencia. Compuso una expresión de satisfacción y felicitó efusivamente a la inspectora. Ambos continuaron organizando la planificación de las operaciones de sus departamentos para las próximas jornadas hasta bien entrada la noche, hasta que finalmente se despidieron contentos y satisfechos, augurándose mutuamente el éxito de la operación Salvaguardia.

★★★★★

El Dulce Amanecer aparecía muy concurrido. Tomazo había dado con la fórmula para continuar con el negocio de la casa de masajes, a pesar de las medidas de seguridad que imperaban en Ciudad Bolsano, el toque de queda y el fuerte despliegue policial con motivo de la asistencia de las comisiones diplomáticas de los países miembros de la CED.

La solución resultó sencilla: el negocio permaneció clausurado al público, pero a puerta cerrada permitía la entrada a los altos cargos del gobierno y de las fuerzas policiales. Cada noche acudía a la casa de masajes la selecta clientela y disfrutaba de las fiestas y el esparcimiento de forma incógnita. La sala se llenaba de aquellos floridos personajes desde la medianoche hasta bien entrada la madrugada.

—Tomazo, ¡qué bien te ha venido el toque de queda, bribón! —le espetó un caballero entrado en años con los ojos chispeantes, producto de los generosos tragos ingeridos.

—No lo sabe usted bien, mayor —respondió muy serio Tomazo—. Muchas gracias, señor, por su inestimable ayuda.

—¡Nada, nada! A nosotros también nos ha venido de maravilla la cuarentena. Gracias a esta podemos disfrutar de las bondades de tu casa para nosotros solos. Y no me lo agradezcas a mí, dáselas al Comisionado de la BSA. Él fue quien intercedió para que se te permitiera mantener abierto tu negocio.

Los encuentros con Galiano, el activista de los caminantes, se habían distanciado desde la última reunión que mantuvieran en la casa de masajes. Nadie del grupo disidente había contactado con él desde entonces. Corrían rumores de una reorganización de la célula que este dirigía, probablemente debido a las constantes redadas efectuadas por la Brigada Cívica, aunque tales noticias eran solo eso… rumores.

Así es que Tomazo decidió alejarse de los revolucionarios para centrarse en sus trapicheos, que resultaban más lucrativos, menudeo de las drogas entrópicas que tan buena acogida tenían entre la clientela de El Dulce Amanecer.

Albardo estaba muy agitado. Al cabo de tres semanas compartiendo el calabozo con Garballo, de acuerdo con el plan urdido por Galana, iba a ser puesto en libertad al día siguiente. El revolucionario había sido trasladado a la penitenciaría de Ciudad Bolsano, donde cumpliría la condena que le había sido impuesta.

Durante los días que permaneció detenido junto con Garballo, a fuerza de soportar las amenazas y los golpes disuasorios que el duro revolucionario le propinaba cada vez que él intentaba exponer las razones por las que deseaba formar parte del movimiento disidente, fue capaz de ganarse la confianza de este.

Gradualmente, Garballo fue intuyendo que, bajo la capa de animal asustado y reticente, latía el corazón de un personaje aplastado por las evidencias que lo precipitaron a descubrir y enfrentar la cara verdadera de los gobernantes que manejaban el destino de la nación.

El baqueteado luchador podía entrever las batallas que se libraban en el alma y en la conciencia de su compañero de celda. Creyó entrever que el deseo de este de tomar partido por los caminantes era sincero. Al cabo de varios días de convivir en aquel sórdido calabozo con Albardo, se interesó por conocer los antecedentes de este.

Albardo, no sin cierta reticencia, le contó aquellos episodios de su vida que él consideró relevantes para reforzar su relato de querer participar en la lucha de los caminantes. Cuando decidió que todo lo expuesto colmaba la curiosidad de Garballo, decidió plantear una pregunta que venía rondándole desde que tuvo lugar el acercamiento entre ellos.

La celda exudaba una miserable frialdad que resultaba casi imposible de ignorar. El apagado brillo de la polvorienta bombilla empotrada en el techo aumentaba la sensación de penumbra. El pasillo del pabellón donde estaban confinados vibraba con un atemorizante silencio. Estaban aislados del mundo exterior. La negrura que se respiraba en el calabozo obligaba a crear la sensación de hallarse sepultado en una ominosa tumba.

Albardo terminó de sorber el resto del caldo que constituyó su cena, depositó el cuenco de aluminio en la esquina del rincón donde se sentaba encogido para combatir la desagradable frialdad de la celda y preguntó a su compañero:

—Garballo, en una ocasión, escuchando una charla del intermediario de mi bloque, este, refiriéndose a los caminantes en varias ocasiones, mencionó que vosotros le dais gran importancia a la cuestión del «libre albedrío». No entiendo muy bien el significado de ello.

Garballo, a su vez, sin terminar su comida, puso ruidosamente el recipiente de aluminio en el suelo, observó la difusa figura de su compañero acurrucado contra la esquina opuesta a donde él estaba y comenzó a hablar.

8

—Albardo, el libre albedrío es esencial para que el ser humano pueda ser considerado una persona verdadera. Si no somos libres para elegir, ¿cómo podremos ser responsables de nuestras acciones?

—Garballo, lo que me dices es muy complicado para mi pobre entendimiento. Yo siempre he pensado que es la voluntad del Creador la que guía nuestras vidas, aunque ello no elimine mi capacidad de elección; simplemente, la deposita en el marco de un plan más vasto, más amplio, donde nos ubicamos todas las criaturas creadas por el amado Diggergod.

—Pero ¿no limita eso tu autonomía personal?

—No lo creo, Garballo. Mi intermediario siempre pone de relieve la manera en la que Diggergod nos guía y protege de las adversidades y trampas que se presentan durante nuestras vidas. El Creador no nos ata; nos aconseja y nos allana el camino para evitarnos sufrimientos. Nuestras elecciones nos pertenecen, pero están dentro de los límites de lo que es moral y bueno según sus dictados.

—Sé lo que quieres decir, Albardo, aunque esa visión tuya nos arrastra a una malsana pasividad; si las personas piensan que todo está predestinado, ¿no levantarán una montaña de excusas para justificar su «no hacer»?

—Por el contrario, el libre albedrío nos obliga a asumir la completa responsabilidad por nuestras acciones. Si cada uno de nosotros es responsable de cambiar su entorno, se les otorga a las personas el poder de actuar y, por añadidura, mejorar la sociedad…, nuestras vidas.

—Comprende, Albardo, que nuestros gobernantes han elaborado un Creador que nos obliga a renunciar a nuestro derecho a ser libres, a pensar por nosotros mismos, a organizar nuestras vidas aquí y ahora. Lucha por ti hoy, para defender tu presente. Enfréntate a las falsedades que te mantienen prisionero gracias a las absurdas fantasías con las que los gobernantes nos obligan a comulgar.

—Garballo, esta ha sido una conversación enriquecedora, pero creo que nos hemos embarcado en un tema más profundo de lo esperado. Tal vez ambos hemos intuido que nuestros diferentes puntos de vista son un ejemplo vivo de cómo el libre albedrío y la predestinación pueden convivir y enriquecer nuestra comprensión del mundo y de nuestras responsabilidades, algo que los dirigentes seguidores de Diggergod jamás lo permitirían. Piénsalo.

Por primera vez en su vida, Albardo saboreaba el glorioso frescor del amanecer de una mañana de primavera. Una mezcla de contradictorias emociones vibraban en su corazón, queriendo estallar hacia los verdes de la arboleda que se alzaba en las orillas de la avenida Steiner.

Experimentaba un extraño sentimiento que era incapaz de describir. No era consciente de que empezaba a valorar la vida en toda su extensión y la libertad nacida de su voluntad de sentir.

Las semanas que permaneció confinado con su peculiar compañero de celda, hacia quien el juego de la existencia le había empujado, le provocaron un torrente de nuevas experiencias que despertaron partes de sí mismo que, hasta entonces, dormitaban latentes por los rincones de su personalidad. Por primera vez, Albardo comenzaba a despertar a la vida.

★★★★★

Andrea se mostraba ensimismado en la contemplación de la humeante taza de café negro que tenía ante sí. El ajetreo que reinaba en la cafetería ubicada en la planta baja de la torre Narod no parecía perturbarlo. Sentado frente a él, Albardo apuraba a pequeños sorbos su café igualmente negro. De vez en cuando dedicaba breves miradas de soslayo a su amigo, quien, a pesar de su actitud meditativa, denotaba preocupación. Apuró el resto de su café, observó tranquilamente a su alrededor y esperó sosegado el inicio de lo que Andrea estaba a punto de plantearle.

—Albardo, amigo mío, Galana me ha puesto al corriente del papel de confidente que se te ha ocurrido interpretar, algo que no cuadra con tu carácter. Realmente estoy muy preocupado. Sé que ella te presiona con la promesa de librarte de la cárcel. Te aseguro que no tiene autoridad para conmutar tu condena. A lo sumo, podría interceder para que te la redujeran.

—Puede que tengas razón, Andrea, pero no me queda otra alternativa. Estoy atrapado en un callejón sin salida. Pienso que algo me beneficiará cooperar con la justicia, además de expiar mi culpa por el grave pecado que he cometido al renegar de nuestro amado Diggergod.

Andrea inició un esbozo de mueca sarcástica que se tradujo en disgusto y replicó:

—No todo es como parece, Albardo. La justicia es inmanente del Creador, pero la imparten los hombres. La mala hierba también crece entre nuestros gobernantes, pero respeto tu decisión. Ello demuestra que eres honrado y sabes enfrentar las adversidades con valor.

Dicho esto, Andrea se levantó, Albardo lo imitó y ambos se dieron un sincero abrazo de momentánea despedida.

—Albardo, estaré pendiente de ti. Te voy a ayudar en todo lo que me sea posible. ¡Ánimo, amigo!

★★★★★

—¡Atención! Personal de seguridad nacional, preséntense en las oficinas de operaciones de vuelo de la terminal internacional.

Todas las radios que portaban los agentes al mando de Andrea transmitían al unísono la orden una y otra vez. El primer vuelo procedente de Slagana estaba a punto de tomar tierra en la terminal internacional que estaba blindada por fuertes medidas de seguridad.

Los vuelos comerciales habían sido desviados hacia las pistas de las terminales nacionales para dejar expedita la pista principal y los apeaderos donde aterrizaría la nave procedente de los países de la CED.

La tensión se podía palpar en el ambiente. Contingentes de agentes fuertemente armados permanecían apostados en la pista y a lo largo de los *jet bridges* que enlazarían las aeronaves con las salas de la terminal. En el aire ronroneaban varios helicópteros de las fuerzas armadas patrullando desde las alturas el contorno de las instalaciones del aeropuerto de Ciudad Bolsano.

El sol de la mañana parecía pugnar por retraerse, como si quisiera resaltar la tensión que vibraba sobre las instalaciones del aeropuerto sobrecargado de tensas expectativas. Las altas colinas hacia las que desembocaba la recta línea de la pista de aterrizaje se recortaban en la lejanía contra el cielo, en el que se perfilaban sinuosos ramalazos de algodonosos cirros grisáceos.

Las autoridades de Antagón decidieron rendir a los dignatarios de la CED los honores de la bienvenida en la pista cuando estos descendieran de la aeronave en lugar de la sala vip de la terminal. Para ello se ultimaron los arreglos pertinentes, a pesar del desagrado de los responsables de seguridad, preocupados por los precipitados cambios de última hora.

En el instante en que las ruedas del impresionante reactor de las fuerzas armadas slaganas tocaron la pista, los francotiradores apostados estratégicamente en la terraza de la torre de control barrieron con los teleobjetivos de sus rifles de precisión el descenso de los diplomáticos por la escalera del aparato.

La banda militar de Antagón, alineada al extremo de la alfombra roja desplegada hasta la aeronave, en el momento en que se abrió la puerta de esta, comenzó a interpretar el himno nacional de Antagón, al que seguirían los de Slagana, Cracya y Valacya.

La ceremonia concluyó al término de los breves discursos en los que se exaltaron los sinceros deseos de estrechar los lazos entre las tres naciones con Antagón, momento en el que el numeroso grupo se dispuso a abordar la flotilla de negros automóviles oficiales alineados en uno de los apeaderos, para dirigirse a la sede del gobierno, donde tendría lugar el acto de la recepción oficial del cortejo.

En la sala de control de las operaciones de vuelo, Andrea y Galana observaban nerviosos, atentos a cualquier incidencia que pudiera ocurrir tanto en las pistas como en las terminales.

Una ingente cantidad de pantallas, divididas en cuatro planos diferentes, mostraban cada una cambiantes imágenes de los pasillos y oficinas del aeropuerto, así como las pistas de aterrizaje y los apeaderos. Ningún movimiento podía pasar desapercibido a los ojos de los operadores, los cuales permanecían sentados, atentos a las imágenes de sus correspondientes monitores.

Andrea relajó la tensión que le había mantenido envarado durante todo el acto: las imágenes que mostraban las pantallas que cubrían la hilera de automóviles listos para acoger a la comitiva de diplomáticos. La escena del numeroso grupo aproximándose a estos le produjo un alivio que liberó la presión a la que se había visto sometido. Mientras, Galana, que había permanecido a su lado, a la vez que impartía apresuradas órdenes a través de su radio, se dirigía hacia la puerta de salida de la sala de control. Entonces, un contenido murmullo de sorpresa la impulsó a volverse. Andrea y varios operadores estaban inclinados sobre las tres pantallas que monitorizaban la vista del reactor que había abandonado la comitiva homenajeada. Los monitores mostraban las inusitadas escenas de la aeronave de las fuerzas armadas destrozada por una llameante explosión y el caos provocado entre el personal militar y los empleados del aeropuerto, quienes se encontraban cerca del aparato en el momento de la explosión.

Albardo recibió las felicitaciones del responsable de la célula que había ejecutado los atentados en el aeropuerto. Gracias a la información falsa que filtró a los servicios de información de la Brigada Civil, los disidentes tuvieron expedito el camino para acceder y detonar los explosivos en los objetivos seleccionados: el reactor de las fuerzas armadas y los apeaderos de las terminales nacionales donde aguardaban varias aeronaves para ser repostadas.

Era obvio que el propósito de los caminantes se limitó a llamar la atención de los países de la CED sobre la situación que sufría Antagón a manos de la brutal dictadura de los dirigentes seguidores del falso Diggergod sin causar víctimas mortales, pues las explosiones detonaron cuando no había nadie, a excepción de los pocos militares y empleados del aeropuerto, quienes, desafortunadamente, se encontraban cerca del aparato en el momento de la explosión.

Galana, sentada rígidamente frente a Albardo, a duras penas lograba ocultar la furia contenida que denotaban sus ojos. Entrelazadas las manos sobre la gran mesa de metal a la que se sentaba, le interpeló:

—Albardo, quiero que me expliques con todo detalle por qué la operación de ayer fracasó tan estrepitosamente.

Albardo, aparentemente tranquilo y controlado, trataba de esconder sus miedos tras una fachada de astuta confianza. Miró directamente a Galana y agregó:

—Galana, te puedo asegurar que cumplí mi tarea tal y como la planeamos. Sé positivamente que tengo la confianza de Garballo. La información que te proporcioné es la que ellos me comunicaron.

—Eso no es suficiente, Albardo. No hay ninguna evidencia que me demuestre que no me estás mintiendo. Si no me traes resultados pronto, no tendré más remedio que retirarte mi protección y devolverte a la cárcel.

—Pudiera ser que, quizás, los hombres de Garballo me estén poniendo a prueba pasándome informes falsos. Puede que con el fin de confundirnos. Si me retiras ahora tu confianza, corroborarán sus sospechas de trabajo para ti. Entonces, ni siquiera en la cárcel estaré a salvo de sus represalias. Yo estoy cumpliendo mi parte del trato, Galana.

Albardo experimentaba una compleja amalgama de sentimientos encontrados que hacían insoportable la escena que revivía en su imaginación, en la que aparecía sentado frente a Galana durante la entrevista mantenida en aquella odiosa oficina de las dependencias de la Brigada Civil.

Durante toda su vida había permanecido anclado emocionalmente por las estructuras y rutinas sobre las que descansaban sus sentimientos y deseos. Sus días permanecían edificados sobre los cimientos de su aversión al cambio.

Esas ataduras se nutrían en buena parte de la fe profunda conectada con la improbable religión que giraba en torno a la figura de Diggergod.

Cuando se vio enfrentado al caudal de nuevas ideas vertidas por Galana el día que ambos se conocieron, ella, cumpliendo con su papel de policía al servicio de la dictadura, esperando descubrir si Albardo comulgaba con las ideas de los caminantes, lo abordó y le habló de la filosofía que promulgaba el grupo disidente. Aquello, unido a la indefinida atracción que sintió por la, para él, «ingenua e impertinente muchacha», arraigó en su desmañado corazón de crónico solitario, indiferente a la existencia y las necesidades del ser humano.

9

Ningún medio hizo alusión a la noticia de los atentados perpetrados en el aeropuerto. Las medidas represivas contra los ciudadanos se recrudecieron; las detenciones arbitrarias aumentaron; el miedo a ser detenido era más que nunca el sentimiento cotidiano de los ciudadanos de Ciudad Bolsano.

Las reuniones con los representantes de los gobiernos de los países de la CED se desarrollaron en un ambiente deslucido de formalismos y vagas promesas.

Gracias a su cargo en el Departamento de Seguridad Nacional, Andrea estaba exento de mantener encendido el monitor repetidor de su casa. Tenía autorización para conectarlo o desconectarlo a voluntad. Por ello, el pequeño apartamento en el que vivía estaba lleno de un acogedor silencio que invitaba al descanso. El amplio cuarto contiguo al recogido dormitorio representaba el refugio donde, al término de cada jornada de trabajo, podía aislarse de la rígida cotidianidad de afuera, organizar sus ideas, reflexionar y… soñar.

Tumbado en el estrecho sofá que estaba cobijado contra la esquina del salón que ofrecía a través de la única ventana del apartamento la vista del vasto complejo de Narod Comarcal, con sus fríos edificios de hormigón y cristal agrupados alrededor de su emblemática torre salpicada de amplios ventanales que aparecían iluminados a aquella hora del atardecer, se recortaba desafiante contra la apagada tarde que envolvía Ciudad Bolsano.

La silenciosa quietud del cuarto invitaba a degustar la mágica sensación de ser parte de la arbitraria creación que los humanos denominamos «vida», inmersa en el océano de polvo de estrellas con sus placeres y sus demonios.

Andrea respiraba sosegado a la par que tomaba generosos tragos de *scotia*. La agradable calidez que se esparcía por sus venas le invitaba a repasar todo lo ocurrido durante las últimas semanas: la operación Salvaguardia; la imagen de su amigo Albardo sojuzgado por la inspectora jefe Galana y la angustia de este sometido por las amenazas de ella; los atentados y el estrepitoso fracaso de las negociaciones con los representantes de la CED.

«Albardo no debe aceptar las imposiciones de Galana», se decía con una clara expresión de desagrado en el rostro. «No apruebo su estrategia. No tiene escrúpulos en sacrificar a Albardo, a sabiendas de que no se librará de la cárcel».

El enfado que amenazaba convertirse en ira crecía peligrosamente en su ánimo. El sentimiento de animadversión hacia Galana se materializaba y crecía libre, sin ninguna resistencia por su parte.

★★★★★

El cuarto de Albardo, que siempre había representado su santuario, el inviolable refugio donde el tiempo se detenía y lo arropaba como una madre amorosa, había cambiado. Los ahora desolados rincones habían perdido las cálidas sombras que durante tantas jornadas lo ampararon; su cama era ahora un mueble inhóspito, sin alma; la pantalla repetidora expelía las odiosas letanías que tan solo días atrás lo consolaban y arropaban, alimentando la fe inquebrantable que daba sentido a su vida.

Se había desprendido de la inútil envoltura de las falaces promesas de los emisarios del falso profeta. Los sentimientos de duda, negación y miedo devinieron una solitaria y dolorosa emoción: era libre de sufrir sus voluntarias angustias, de emprender sus conscientes odiseas, libre para enfrentar los peligros deseados… Se había desprendido de su vieja piel, estaba preparado para emprender otros caminos.

Los encuentros con Diego tenían lugar en la destartalada oficina de un gran almacén abandonado, que estaba medio en ruinas, ubicado en la zona vieja del puerto de Ciudad Bolsano. Garballo, quien desde la cárcel organizaba los asuntos de la célula local de los caminantes, lo había asignado como enlace de Albardo para transmitir y coordinar las acciones del grupo.

Diego, de mediana edad, era alto, delgado, de abundante pelo castaño, muy enmarañado. Su rostro de rasgos afilados y sus ojos de cambiantes tonos marrones y verdosos profundamente hundidos infundían en los demás una fuerte sensación de temor y respeto. Era hombre de pocas palabras, lo que le permitía concentrarse en la observación del entorno y de aquellos con los que interactuaba. Prefería escuchar antes que hablar.

—Garballo me ha encargado que te felicite. Gracias a tu ayuda, el asunto del aeropuerto ha resultado un éxito.

Albardo, sin apartar la mirada del inexpresivo rostro de su interlocutor, asintió entornando levemente sus ojos.

—Murieron varias personas, Diego.

—Albardo, fue un accidente. El objetivo de la misión se ha cumplido con creces. La muerte de esas cinco personas fue una desafortunada casualidad.

En su fuero interno, Albardo reconocía la lógica de la respuesta de Diego. Para su sorpresa, tuvo que admitir que su falta de empatía para con sus semejantes no solo permanecía arraigada en su carácter. Incluso se había reafirmado tras haberse desembarazado de su recién abandonada fe. El Creador era una invención de los que gobernaban. El ser humano era una aberración sin esperanzas de redención.

Su corazón le impulsaba a persistir en su abandono como si se tratase de un bálsamo que aliviase sus miedos y las angustiosas soledades vividas durante toda su existencia. Albardo no podía desasirse de la profunda sensación de temporalidad que definía y evidenciaba cada uno de sus actos, pues ello justificaba su absoluta falta de interés por la gente y sus mezquinas necesidades.

Sus ojos escudriñaban la miserable vaciedad del cuarto. Con cansina desgana, se levantó de su asiento y caminó hacia la balaustrada de madera, peligrosamente apolillada, desde la que se dominaba la nave del solitario almacén.

A su espalda, Diego lo observaba pacientemente, como si intuyese la batalla que se libraba en el corazón de Albardo.

«En este mundo cada cual permanece recluido en su propio drama y, sin embargo, se nos dice que sentir con nuestros semejantes, empatizar con ellos, nos sana el alma. ¿No es más bien una pesada cadena que nos arrastra hacia el abismo de las miserias ajenas? La gente no quiere ser comprendida, quiere ser nutrida con más y más compasión porque esa piadosa compasión los libera de la carga de tener que enfrentar sus propios demonios. La gente abomina de los espejos que les devuelven las imágenes de sus íntimas fealdades; prefieren abrazar la insensible ignorancia del rebaño, no desean entregarse a sus soledades, fieles compañeras de la libertad. Yo elijo la gloria de mis voluntarios sufrimientos y rechazo las sórdidas ataduras de la culpa».

Silencioso, como si esperase una respuesta de la polvorienta sordidez del abandonado recinto, se giró hacia Diego y suavemente le conminó:

—Así es, Diego. La misión fue un éxito. La muerte de esas personas fue un desgraciado accidente que no se pudo evitar. —Dicho esto, dibujó una media sonrisa y agregó—: ¿Qué mensaje me envía el amigo Garballo?

★★★★★

Los representantes de las naciones de la CED regresaron a sus respectivos países sin haber ultimado ningún acuerdo con el gobierno de Antagón. La versión oficial se refirió a la falta de garantías democráticas del país regido por los seguidores de Diggergod, aunque las verdaderas razones eran otras muy alejadas de las consideraciones políticas del grupo de naciones.

Antagón atravesaba una grave crisis de inestabilidad económica; además, carecía de recursos propios, por lo que dependía de las importaciones para sostener su economía, lo que empeoraba su déficit comercial e indefensión externa.

Debido al historial de incumplimientos de la deuda exterior, los miembros de la CED consideraron que el fuerte riesgo de insolvencia acentuaría el temor de que Antagón no pudiese cumplir con las obligaciones de la deuda.

En la mansión del embajador Casad se respiraba un denso ambiente de frustrante fracaso. Las innumerables ventajas y beneficios que los mandatarios se prometieron alegremente, una vez cerrados los acuerdos comerciales con Slagana, Cracya y Valacya, se diluyeron en una maraña de falsas promesas y buenos deseos por parte de esos países. Casad, ya recuperado de su convalecencia, recorría una y otra vez el gran salón de la residencia con nerviosas zancadas. Tras la muerte del ministro Abasco, fue nombrado su sucesor, ocupando el cargo de director general de Seguridad Nacional, el ministerio más importante de Antagón, pues controlaba el ejército y todas las fuerzas de seguridad del Estado.

El salón de reuniones que fuera el escenario del horrendo atentado perpetrado por los caminantes estaba tenuemente iluminado por varias lámparas de pie distribuidas estratégicamente por la espaciosa estancia. En el centro de esta, una larga mesa rectangular de roble amarronado, flanqueada de sillas de erguidos respaldos tapizados en terciopelo rojo sangre, imponía una respetuosa atmósfera acentuada por un gigantesco tapiz representando una imponente imagen del creador Diggergod a lomos de un mítico cancerbero de siete cabezas, las cuales estaban vueltas hacia la poderosa faz de Diggergod, rodeada de un aura de aterradores ramalazos de flamígeros rayos azulencos con sus brazos extendidos hacia una ingente multitud de su agradecido pueblo.

El enviado supremo Ashir tomó la decisión de convocar una reunión urgente con los representantes religiosos y los ministros del divino gobierno de Antagón. La apresurada convocatoria no sorprendió a los dirigentes del país.

El fracaso de las negociaciones con las naciones vecinas borró las esperanzas de los líderes de Antagón de sanear la economía y resarcirse de la grave crisis económica que padecía. A ello había que añadir la insidiosa labor de los caminantes que amenazaba con socavar la pasividad del pueblo.

Las precarias condiciones que soportaban los ciudadanos empezaban a socavar la mansa actitud del sufrido pueblo de Antagón. Estas, además, eran azuzadas por el constante proselitismo de los disidentes, que, a través de la distribución de panfletos, les recordaban las inhumanas condiciones que padecían y los atentados con los que los llamados terroristas buscaban sacudirles su modorra. A ello había que sumar la escasez de los productos básicos que amenazaba con desatar la temida hambruna que venían augurando las voces disidentes. Comenzaba a desbancar el miedo a la brutal represión ejercida por la Brigada Civil. Cada vez se escuchaban más y más tímidas voces pronunciarse a favor de los caminantes.

Un silencio cargado de expectación se deslizaba entre los susurros apenas audibles de los miembros del consejo reunidos en asamblea. Se iba a dilucidar y a votar la planeada, desde tiempo atrás, invasión del vecino Slagana.

Los líderes religiosos y militares estaban a la espera de que el enviado supremo Ashir hiciese su aparición en el salón de reuniones para comenzar el debate.

Ashir era de estatura baja. Sus ojos de color azul acuoso pretendían dibujar una actitud de mansa devoción. Lejos de infundir confianza o bondad, despertaba en los demás una fuerte sensación de temor y rechazo. Llevaba el pelo corto, ya canoso, peinado hacia atrás. La palidez de su cara y los labios finos, siempre apretados en una delgada línea, lo evidenciaban como un ser frío y cruel.

Con forzada parsimonia, el líder religioso ocupó el lugar preferente de la mesa, posó ambas manos sobre la cálida superficie de esta, sin dejar de observar a sus reverentes subordinados. La beatífica mirada se transformó en el halo de cortante frialdad que todos los allí presentes tan bien conocían.

—Consejeros, amados hermanos en la fe de Diggergod, el Creador me ha revelado el mensaje que hoy vengo a compartir con todos vosotros. Nuestra sagrada nación se halla azotada por las pecaminosas influencias de los envidiosos enemigos, los cuales intentan por todos los medios infestar nuestra fe agazapados en las sombras. No soportan la gloriosa realidad de que nosotros, dignos hijos del Creador, somos los elegidos, los que reinarán en su nombre sobre todas las naciones que viven en el constante pecado de la ignorancia. Por ello, Diggergod quiere transmitiros lo siguiente.

Ashir elaboró una efectista pausa y, perdida la mirada en un imaginario punto infinito, pareció caer en un profundo trance. Su cuerpo se envaró, adoptando una rígida postura, y prosiguió con una voz cavernosa que parecía venir desde lo más profundo del ficticio universo del Creador.

»Hijos míos, amado pueblo elegido, este es mi mensaje. Slagana posee las tierras y los recursos que Antagón necesita para expandir mi sagrada influencia y llevar mi palabra a todas las naciones que viven ciegas a mi verdad revelada. Yo os ordeno que obedezcáis ciegamente, arropados por la fe que he depositado en vuestros corazones, las instrucciones que os transmito a través de mi hijo preferido y enviado supremo de mi palabra, el reverendo Ashir.

Al término de la esperpéntica arenga, el enviado fingió salir del trance, relajó la forzada tensión de su cuerpo y, retomando el aire de excesiva mansedumbre con el que manipulaba a sus seguidores, se dirigió a los presentes, esta vez como Ashir.

—Y ahora, pasemos a estudiar los detalles para hacer realidad los mandatos de nuestro Creador…

El mensaje revelado al gobierno por boca de su máximo líder espiritual creó un mar de encontradas reacciones entre la clase dirigente de Antagón; sin embargo, nadie se atrevía a expresar abiertamente aquellas opiniones que difiriesen de las manifestadas por el poderoso líder espiritual.

Una vertiginosa actividad inundó todos los estamentos del gobierno de Antagón. Secundando las instrucciones de Ashir, se decidió reclutar a todos los varones entre los dieciocho y los treinta años para reforzar las filas del ejército profesional, y endurecer las medidas disuasorias para acallar las voces opositoras a las arbitrarias órdenes que los líderes religiosos impartían a los mandos militares de la oprimida nación.

★★★★★

El fantasma de la cárcel rondaba constantemente la vida de Albardo. Las incesantes presiones de las que era objeto por parte de Galana para asegurarse su improbable lealtad lo mantenían en un exasperante estado de continua tensión. Él mismo se sorprendía de la inusitada entereza que mantenía en pie su cordura.

El nuevo Albardo había dejado atrás a aquel tímido introvertido que había vivido recluido en una triste comodidad carente de sensaciones, quien, al igual que un animal asustado, permanecía en un constante estado de alerta, siempre dispuesto a huir a la primera señal de peligro. Si bien era cierto que su yo renacido se debatía en una espesa ciénaga de contradictorias dualidades, los sufrimientos que padecía le demostraban que estaba vivo, que merecían la pena los terrores sufridos tras lanzarse a los abismos que le reclamaban como la prueba final que debía enfrentar para ser digno de convertirse en el hombre nuevo, liberado de las mansedumbres del esclavo.

Había aprendido a esconder sus miedos tras una fachada de enigmática astucia. Sabía cómo lucir miradas calculadoras o sonrisas que nunca alcanzaban los ojos.

10

Las pantallas repetidoras emitían incansables y ruidosos himnos marciales. Cada pocos minutos, la música era interrumpida para dar paso a la monótona voz del intermediario de turno, instando a los ciudadanos a abrazar con fervor la llamada a filas de los varones jóvenes.

La hipnótica repetición de las marchas militares, lejos de infundir determinación en la población, sembraba entre esta un creciente desasosiego y ansiedad. Los habitantes de Antagón, agotados por las constantes crisis de la falta de recursos, estaban atrapados en un interminable ciclo de propaganda y de persecuciones políticas que había destruido toda esperanza de disfrutar de un mínimo de libertad en sus vidas.

—¡Hombres valientes de nuestra patria!, ha llegado el momento de cumplir con el sagrado deber de responder a la llamada del Creador. Todos los varones de edad comprendida entre los dieciocho y veinticinco años deben presentarse en las oficinas de reclutamiento de su distrito. De no hacerlo, aquellos que ignoren las órdenes del gobierno serán considerados desertores y, en consecuencia, se les aplicará la ley en todo su rigor.

Albardo, tumbado en su cama, sonreía con la mirada perdida más allá de los confines de su pequeña habitación, ajeno a la opresiva estrechez en la que había habitado durante más de la mitad de su vida; incluso los inacabables mensajes que surgían de la pantalla repetidora se diluían atemperados por una irreal distancia.

Los claroscuros que decoraban el cuarto ofrecían un sereno refugio a su corazón, un oasis de recogimiento donde se aislaba de las realidades que vibraban más allá de la milagrosa burbuja donde había aprendido a recogerse para pensar y esbozar las sonrisas que había sido incapaz de dibujar a lo largo de toda su vida. Había encontrado un porqué donde apoyarse, una razón que le permitiese transitar por su existencia, incluso si esta carecía de objetivo.

La noche, entretanto, cayó sobre la ciudad silenciosamente. Afuera, las amarillentas luces de las farolas que orillaban las calles trazaban sus débiles luminosidades sobre el pavimento de la solitaria avenida del Advenimiento, que parecía querer retraerse sobre sí misma en un intento de arropar protectora a las almas confinadas en las casas de sus tristes edificios.

El ominoso silencio que marcaba la noche solo difundía el insistente rumor que expelían las pantallas repetidoras alentando a los ciudadanos a obedecer ciegamente el mandato de incorporarse a las filas del ejército que se preparaba para invadir el país vecino.

Con marcada desgana, Albardo se incorporó de la cama, se acercó hasta la puerta del piso y descolgó la chaqueta de paño marrón que pendía del perchero de plástico atornillado a esta.

★★★★★

Las entrevistas con el contacto de los caminantes siempre se llevaban a cabo en lugares diferentes. La noche anterior Albardo recibió una nota citándolo en la casa de masajes El Dulce Amanecer.

Hacia allí se dirigía. Caminaba sigiloso, oculto entre las sombras con paso mesurado, pues el toque de queda seguía en vigor en todo el país y, a pesar de contar con la protección de Galana en caso de ser detenido por las patrullas policiales, evitaba llamar la atención sobre su persona si se movía muy rápido o andaba con excesiva lentitud.

Aquel doble juego le excitaba. Era una aventura donde se mezclaban sus compulsivos sentimientos de culpa, exacerbados por la obsesiva necesidad de ser aceptado y castigado por Galana. Albardo disfrutaba con la idea de traicionarla al cooperar con los enemigos de esta, y la excitación que le producía la posibilidad de ser descubierto por los agentes al mando de ella.

La lóbrega calleja donde estaba la entrada de El Dulce Amanecer rezumaba humedad. Albardo observaba el lugar con aprensión. La puerta apenas visible de la casa de masajes aparecía casi oculta por cajas de cartón desvencijadas y un par de grandes cubetas metálicas de basura. Indeciso, se acercó, y cuando estaba a punto de pulsar el casi invisible botón del timbre, alguien desde dentro la abrió, dejándole expedita la entrada.

—Adelante, lo están esperando.

Albardo quedó agradablemente sorprendido del contraste entre el sórdido aspecto de la fachada de la casa de masajes y su interior. Nada más entrar en el local, una cómoda penumbra, atenuada por las pequeñas de luz roja instaladas en las mesitas alineadas frente al largo mostrador de madera negra pulida, creaba un cálido ambiente cargado de intrigante sensualidad. Una suave melodía apenas audible sonaba arropando el ambiente.

Tras la barra, Darío, el hombre de confianza de Tomazo, atendía a los dos únicos clientes, quienes, apoltronados sobre altos taburetes metálicos, rematados por mullidos asientos de cuero rojo, apuraban displicentes sus bebidas.

El camarero que atendía la puerta de entrada interpeló amablemente a Albardo, al tiempo que, con el brazo extendido, le instaba a que lo siguiese mientras cruzaba la sala sorteando las numerosas mesitas iluminadas de rojo que a esa hora estaban vacías.

El empleado llamó con suavidad a una de las tres puertas de madera lacada de las salas privadas de masajes. Talladas en su superficie, se mostraban animales exóticos, tigres acechando a sus presas, dragones alados e imposibles bestias mitológicas, las cuales parecían cobrar vida en cada detalle de la laca que, con su acabado brillante, reflejaba los misteriosos fulgores rojizos de la luz ambiental.

Desde el interior de la sala, una voz invitó a Albardo a que entrara, llamándolo por su nombre. La iluminación era tenue y cálida, emitida por artísticas lámparas de papel con velas en el interior, bañada en un relajante resplandor dorado.

Cada detalle del interior de la estancia había sido diseñado para evadirse del estrés diario e integrarse en un mundo de tranquilidad donde el tiempo pareciera detenerse, permitiendo a los clientes disfrutar de momentos de bienestar y paz pura.

—Adelante. Adelante, Albardo. Garballo me ha hablado muy bien de ti. Espero que no te importe el tuteo, aquí todos somos camaradas. Yo me llamo Enrico —dijo, tendiéndole la mano.

Albardo se la estrechó y tomó asiento en una cómoda silla tapizada del distintivo color rojo del salón.

Enrico, el enlace designado por Garballo, era de estatura mediana. Aparentaba rondar la treintena. Sus ojos grandes y expresivos se diría que captaban lo que veían, perpetuándolo para la posteridad. Su nariz desproporcionada le daba un peculiar carácter distintivo. El pelo negro despeinado y la barba irregular sugerían un interés por la creatividad desenfrenada.

—Albardo, te presento al señor Sanzios, representante del comité ejecutivo de la República Democrática Slagana.

Albardo, procurando enmascarar la creciente timidez que le provocaba la trascendencia de la reunión, se levantó acercándose a este y le tendió la mano.

El representante slagano tenía unos cincuenta años. De frente amplia, pensativa, barba corta y bien cuidada, sus cejas pobladas enmarcaban los ojos de un gris tormentoso de mirada calculadora, que parecía perdida en el privado universo de sus pensamientos.

Hechas las presentaciones y los saludos, Albardo y los dos contertulios se acomodaron en los asientos distribuidos alrededor de una magnífica mesa rectangular de madera lacada, tallada con los mismos motivos que las sólidas puertas de las tres salas privadas; sobre esta había largos vasos de cristal de tonos azulencos y una botella recién descorchada de *scotia*. Enrico se hizo cargo de escanciar en los vasos el ambarino licor y ofrecérselos a sus acompañantes. Él tomó el suyo y lo alzó a la altura de sus ojos, que parecían observar inquisitivos a través del vaso veteado de húmedos surcos la escena que se representaba en la sugerente sala, y comenzó.

—Bueno, ya que nos conocemos, quiero empezar, señor Sanzios, dándole las gracias por acceder a reunirse con nosotros. Sé que no ha sido fácil para usted estar aquí. La situación en Antagón es insostenible. El pueblo está al borde del colapso, y el ejército… Usted ya conoce la situación: muchos de los militares tanto entre los mandos como en la tropa están de nuestro lado, pero necesitan un apoyo enérgico, un empujón.

Sin desviar su atención de Enrico, el enigmático Sanzios observaba inexpresivo la figura de Albardo, que se sentaba frente a él. Entonces, inició una incierta sonrisa y se giró hacia Enrico.

—Lo sabemos, tenemos informes de deserciones y ciertos movimientos en las filas de los militares. —Elaboró una cuidada pausa y continuó—: Pero necesitamos garantías de que su grupo podrá coordinar esto sin que se convierta en un caos irreversible.

—Señor Sanzios, nuestra organización está lista para actuar, pero necesitamos recursos, armas, equipos de comunicación y apoyo táctico.

—Enrico, mi gobierno está dispuesto a proporcionar lo necesario, pero para ello debemos conocer un plan detallado de vuestra parte. No podemos arriesgarnos a un fracaso, pues eso fortalecería aún más la dictadura de su país.

Albardo asistía en silencio a las deliberaciones de sus interlocutores. No podía deshacerse de un molesto sentimiento de culpabilidad. Sentía que la operación que se fraguaba en la sala personificaba la negación, la traición a todas las convicciones acumuladas a lo largo de su servil existencia. El destierro de la fe que dio sentido a su vida aún persistía obstinado como parte de sus principios más íntimos. Sabía que las creencias en aquel ser superior impuesto por los agoreros dirigentes de Antagón fueron las cadenas que lo mantuvieron hundido en la ignorancia, indefenso ante las manipulaciones de las falsas creaciones de los gobernantes ávidos de poder. Había despertado gracias a las evidencias que los caminantes predicaban, pagando por ello con sus vidas y su libertad por concienciar a los ciudadanos adormecidos por los hipócritas mercaderes de las falsas promesas de un inexistente Creador.

Ahora, Albardo «sabía». Los caminantes hablaban de libertad, él abrazaba la vaciedad, la nada. Todo aquello que durante tantos años fue una molesta intuición, al desprenderse del lastre que supuso la fe impuesta por los falaces creadores de Diggergod, le abrió las puertas que mostraban un mundo nuevo, un universo pleno de prometedoras encrucijadas que conducían a infinitas posibilidades a la espera de ser desveladas, mundos de sueños, dolores y alegrías, luminosos caminos reveladores de gloriosas absurdidades, de hirientes libertades, de la mágica conciencia de estar vivo…

—El camarada Albardo es una pieza importante en el plan que le he detallado.

Albardo sacudió levemente la cabeza, como si acabara de salir de un ensueño.

Frente a él, Enrico y Sanzios lo observaban expectantes a la espera del asentimiento o confirmación sobre su papel en la arriesgada trama que estaban organizando.

Albardo sonrió a sus interlocutores, dando a entender que suscribía plenamente todo lo acordado.

Una vez concluida la entrevista, el representante slagano abandonó la sala, acompañado por el camarero encargado de la puerta, quien lo condujo hasta la salida trasera donde un automóvil ocupado por dos funcionarios del servicio secreto slagano esperaba para conducirlo a la frontera.

Albardo, por su parte, se demoró unos instantes en el salón para despedirse de Enrico, y se perdió presuroso en la avanzada madrugada de Ciudad Bolsano.

Tomazo, apoyado en la barra, apuraba pequeños tragos de su copa de ginebra.

Enrico, camino de la salida, se detuvo con la intención de despedirse de él.

—Tomazo, gracias por tu apoyo. Te puedo adelantar que todo marcha de acuerdo con lo previsto.

—Siempre a vuestra disposición, compañero. A propósito, ¿el que estaba con vosotros era Albardo?

—Sí, es un buen elemento que Garballo reclutó cuando compartían celda en la dirección de seguridad de la Brigada Civil.

Tomazo asintió mientras se pellizcaba el labio inferior y, acto seguido, se dirigió hacia uno de los taburetes alineados contra el mostrador. Tras encaramarse en él, se giró hacia Enrico.

—Enrico, ¿sabes que Albardo es muy amigo de mi hermano Tomazo? ¿Garballo es consciente de ello y, aun así, confía en él?

—Sí, no debes preocuparte. Albardo cuenta con la confianza de Garballo. Además, te aseguro que tu hermano no sabe nada de la relación que el compañero mantiene con nosotros.

—Eso espero, Enrico. Eso espero...

★★★★★

Amanecía en la plaza de la Victoria de Ciudad Bolsano, la vasta explanada encuadrada por los imponentes edificios gubernamentales del antiguo régimen y los monumentos históricos. A medida que el cielo aceptaba el nacimiento del nuevo día, el sol se elevaba orgulloso en el horizonte y derramaba sus primeros rayos, se desvelaba un impresionante cuadro compuesto por un sinfín de coloridas banderas y estandartes ondeando entre las filas de soldados vestidos con uniformes de combate impecablemente alineados.

DE DURMIENTES Y CAMINANTES

Las calles adyacentes se desbordaban de un gentío entusiasmado. Aquella marea humana exhalaba una amalgama de fanático fervor religioso y un patriotismo exacerbado por el marcial espectáculo que se desarrollaba ante sus ojos. La atmósfera estaba cargada de una pesada energía que parecía constreñir físicamente el aire.

A lo largo de la plaza, los numerosos altavoces instalados en sus correspondientes postes emitían una música marcial que se fundía con los susurros del público que no cesaba de aumentar, agolpándose en las calles que desembocaban en la simbólica explanada.

A punto de rozar el mediodía, la aparición de las altas autoridades religiosas y militares marcó el comienzo oficial del evento. El líder supremo Ashir hizo su entrada caminando con estudiada solemnidad bajo un pesado palio de terciopelo morado profusamente bordado en oro sostenido por seis varales de plata labrada que portaban otros tantos acólitos engalanados con sendas casullas granates.

Tras la impactante comitiva, seguían las autoridades militares, quienes curiosamente habían optado por lucir los mismos uniformes de combate que vestía la tropa.

El fragor de las bandas de música anunció el comienzo de la exhibición del contingente militar. Un respetable número de tanques, vehículos blindados y piezas de artillería desfilaron por la explanada, causando la admiración de la multitud. Al mismo tiempo, aviones de combate surcaban el cielo realizando arriesgadas acrobacias que provocaban en los espectadores gritos de admiración.

Aprovechando el clímax creado por el despliegue de las fuerzas armadas entre la población, el recién ascendido primer ministro Casad subió al estrado, donde las personalidades religiosas y militares presidían el espectáculo, para dirigirse a la nación, que seguía la celebración del evento a través de las pantallas repetidoras que transmitían a todo el país, además de las instaladas para el evento en la explanada de la plaza.

Con voz firme y decidida, comenzó su discurso agradeciendo al pueblo su entrega incondicional a los dictados del Creador. Asimismo, evocó brevemente los valores de Antagón reiterando la fuerza y unidad de la nación frente a las amenazas del vecino país Slagana.

—Hoy nos hemos reunido para mostrar a los diabólicos dirigentes de Slagana nuestro poderío militar y advertirles que el pérfido plan de invadir nuestro sagrado suelo con el propósito de obligarnos a renegar de nuestra fe en la divina palabra del creador Diggergod jamás se llevará a cabo.

La multitud reaccionó rompiendo en un estruendo de ovaciones y gritos entusiasmados. Un fervor patriótico se esparció imparable alentado por las palabras de Casad y la exhibición de las fuerzas armadas. El ambiente estaba saturado de una sensación de invencibilidad que les resultaría imposible erradicar a los enemigos del poderoso Diggergod.

Inesperadamente, las pantallas enmudecieron acompañadas de un rastro de inquietantes chasquidos y relampagueantes rastros luminosos, hasta que, de manera abrupta, estas cobraron vida, mostrando la imagen de un águila negra sobre un fondo rojo surcado de diagonales líneas negras. Una voz potente y clara surgió imponente, aumentando de intensidad hasta silenciar el mar de susurros que inundaba el espacio de la explanada.

—Gente de Antagón, hermanos, somos los caminantes. —La dramática interrupción enmudeció al país en un angustioso silencio—. Los infames instrumentos al servicio del criminal gobierno ilegal que nos asfixia en nombre de su falso Diggergod, creado para esclavizarnos por medio de ese dios inventado, planean ahora sacrificarnos enviando al matadero a nuestros jóvenes en una absurda guerra de conquista. Este maligno gobierno planea invadir nuestro vecino país Slagana, con el único propósito de saquear aquellos recursos de los que carece Antagón. Esta guerra insensata que, según nuestros corruptos gobernantes, es el mandato de su dios, cuando la verdadera razón es la de apropiarse de las riquezas energéticas slaganas, sin que importe el coste de vidas sacrificadas.

»Nosotros, los caminantes, decimos «¡basta!». Nos negamos a secundar las ansias de riqueza y poder de estos criminales sangrientos, que tienen en sus manos las riendas de nuestra nación. Ciudadanos, gritemos «¡basta!»; declaraos en rebeldía; negaos a que recluten a vuestros hijos, hermanos, maridos; ayudad a derrotar y erradicar para siempre a esta plaga de mensajeros del odio, digamos…

De repente, la transmisión se cortó; las pantallas enmudecieron de nuevo; la plaza de la Victoria ofrecía un irreal espectáculo; la multitud congregada alrededor de la explanada semejaba un ejército de figuras petrificadas, estáticas, silenciosas…

11

Albardo no pudo menos que reconocer su satisfacción por el éxito de la operación llevada a cabo por los caminantes del país. La estación de control de Ciudad Bolsano, desde donde se emitían las transmisiones de adoctrinamiento a la nación, ocupaba toda una planta del temido edificio de la Dirección General de Seguridad de la Brigada Civil. Estaba atendida por un sinnúmero de funcionarios encargados de organizar y emitir los constantes programas de adoctrinamiento y propaganda.

La sala, de grandes dimensiones, ocupaba el último piso, un espacio sin ventanas que generaba unas densas vibraciones de control absoluto. El centro de control estaba organizado en niveles escalonados que permitían a los operadores controlar los monitores y equipos desde cualquier punto de esta.

En la zona central se encontraba el corazón de las instalaciones, una serie de terminales principales agrupadas en disposición circular que permitía la coordinación entre los operadores de toda la nación.

Tras una puerta adecuadamente insonorizada se accedía a un estudio igualmente de grandes proporciones que contaba con un gran número de servidores encargados de almacenar y procesar la enorme cantidad de datos recibidos y transmitidos, además de numerosas cámaras de televisión con las que grabar y transmitir en tiempo real las alocuciones de los intermediarios religiosos, cuya misión consistía en mantener a los ciudadanos pendientes en todo momento de las hipnóticas consignas cuidadosamente diseñadas con la intención de erradicar cualquier inicio de desarrollo de un sentido crítico, pues tal despertar podría conducir al peligroso abandono de la fe en la figura del Creador.

La iluminación en ambas salas era suave, enfocada hacia los equipos de trabajo con el fin de evitar distracciones entre los operadores.

La tecnología avanzada con la que contaba el centro de control garantizaba que la maquinaria de adoctrinamiento y propaganda funcionase eficientemente sin interrupciones y mantener a la población bajo el peso de la dictadura en todo momento.

Para garantizar la seguridad del centro, Andrea mantenía un contingente de agentes a su mando salvaguardando las instalaciones bajo una constante vigilancia, sobre todo en la zona central, donde estaba el centro neurálgico, el corazón que permitía el óptimo funcionamiento de la sala de control.

★★★★★

Sentado a la precaria mesa de formica que se arrinconaba a la derecha de su cama, Albardo saboreaba satisfecho una taza de café especial slagano regalo del señor Sanzios, el alto dignatario con quien los caminantes mantenían regulares encuentros.

La pantalla repetidora mostraba el engañoso rostro del líder supremo Ashir, quien, con un estudiado tono de puritano fervor en la voz, instaba al pueblo de Antagón a enfrentarse a los sacrílegos caminantes, que se habían dejado seducir por los delirantes planes de Slagana de invadir el sagrado suelo del pueblo elegido de Diggergod.

Un rictus de malévola complacencia se dibujaba en la cara de Albardo. El daño infligido a la imagen pública del hipócrita líder religioso supuso un espectacular triunfo de los caminantes, del que él mismo era merecedor.

Para desviar la atención de Galana hacia un falso objetivo y conseguir que las fuerzas de seguridad relajaran un tanto la vigilancia del centro de control de comunicaciones, Albardo informó a la inspectora jefe de los planes de los caminantes de secuestrar al líder supremo durante el desfile, tras atentar con explosivos entre los destacamentos militares que desfilaran en la plaza de la Victoria.

El revuelo creado por el señuelo allanó considerablemente el acceso a las terminales del centro neurálgico de la estación de control, donde los disidentes contaban con algunos operadores simpatizantes de su causa, que desviaron las conexiones de los repetidores principales, inhibieron la transmisión en curso desde la explanada donde se celebraba el desfile de las fuerzas armadas y la redirigieron a un lugar secreto desde donde los caminantes emitieron la transmisión, informando a los ciudadanos de la nación de los verdaderos propósitos por los que el gobierno había declarado la guerra al país vecino.

★★★★★

El pequeño cuarto de soltero de Albardo había sufrido una evidente metamorfosis. Los años transcurridos durante su doblemente aislada soledad pertenecían al pasado. El que en su día fue su sacrosanto refugio, donde dejaba atrás la vacía realidad cuajada de situaciones no deseadas de relaciones impuestas por las reglas que a él le resultaban irrelevantes, se había convertido en un estrecho rincón marcado por una profunda temporalidad, un limitado escenario donde reposar para recuperar el ánimo que le permitiera enfrentar las absurdas batallas sin vencedores ni vencidos que libraba una y otra vez interpretando su papel de espectador carente de la esperanza de alcanzar un inexistente destino.

Albardo, que aún mantenía la incierta sonrisa dibujada en su cara, se levantó con evidente cansancio de la silla y se dejó caer torpemente en la cama. Estaba agotado. Necesitaba cerrar los ojos, perderse en otros universos donde las vidas de sus criaturas estuviesen delineadas con trazos más amables; se dio la vuelta y apoyó la cabeza sobre la palma de su mano derecha. La estrechez, las negruras y las hirientes cantinelas volaron lejos. Suavemente, él también se elevó poseído por una eterna ingravidez.

La inmensa bóveda tachonada de miríadas de radiantes puntos plateados brillaba con colores imposibles.

Una acogedora arboleda, poblada de grandes árboles de robustos troncos milenarios, le invitaba a descansar bajo sus intrincados enramados. El lugar sugería deleites insospechados, prometedoras realidades, sugerentes abandonos…

El silencio era absoluto. Albardo observaba la pétrea quietud que envolvía el bosque. Sabía que sus sentidos eran parte de un sueño del que debería despertar. El silencio carente de sensaciones se abrió inesperadamente a una sinfonía de susurros, suspiros y distantes melodías que jugueteaban entre el enramado de la anciana arboleda.

Albardo invocó al viejo que habitaba en las regiones de sus sueños y delirios, ese amable *alter ego* que mitigaba sus angustias y decepciones.

La familiar risa socarrona le anunció su llegada. El venerable anciano, que tan bien conocía Albardo, caminaba erguido, con paso joven, acompañado a su diestra por un gran perro negro de aspecto fiero. A su izquierda, una aniñada anciana andaba junto a él despacio, sin dejar de mirarlo.

Su yo imaginario se detuvo frente a él, se inclinó junto al perro negro y, mientras le acariciaba suavemente la cabeza, dijo:

—La gente no quiere ser comprendida, quiere ser alimentada con más y más compasión. No te exijas empatía, debes protegerte en un mundo que ensalza el sufrimiento. Sé tu propia luminaria, libérate de las sutiles cadenas emocionales, continúa estando solo, libre.

La imperceptible brisa que mecía la espesura y las hojarascas del enigmático bosque dio paso a un creciente vendaval que sacudió la irreal escena. El anciano, la niña anciana y el gran perro negro desaparecieron atraídos hacia las inmensas alturas hasta perderse de la vista de Albardo. La huracanada borrasca bramaba imparable, amenazando con doblegar la primigenia arboleda, mientras el rugido crecía. Albardo rechazó la visión de aquel fantástico episodio y despertó a la ineludible realidad, que lo devolvió a su cuarto.

La ubicua cantinela que surgía de las pantallas repetidoras resonaba por los pasillos del edificio. Albardo había aprendido a no oírlas, como si su cerebro hubiese desarrollado la capacidad de inhibir todo aquello que surgiese de los monitores.

El mediodía estaba avanzado. Ciudad Bolsano se había llenado de un silencio inquietante. Las nubes grises que encapotaban el cielo acentuaban la sensación de bochorno, a pesar de que la temperatura era fresca. Una brisa fría reptaba por las calles y avenidas haciendo ondear las banderas nacionales que pendían de los edificios gubernamentales como un ineludible recordatorio de la tormenta que se avecinaba tanto en el cielo como en la vida cotidiana de los ciudadanos de Antagón.

En las esquinas de Ciudad Bolsano, al igual que en todas las ciudades y pueblos de Antagón, lucían carteles que anunciaban la incorporación obligatoria de los ciudadanos al servicio militar. En grandes letras rojas se podía leer:

«ALISTAMIENTO OBLIGATORIO. AQUELLOS QUE NO SE PRE-SENTEN SERÁN DETENIDOS Y CONDENADOS A LA PENA CAPITAL».

Albardo reflexionaba sobre los bruscos cambios acaecidos en su vida. Él seguía siendo el mismo irremediable solitario, aunque su soledad había cobrado un nuevo sentido, una justificación coherente carente de ambigüedades.

El brusco golpeteo en la puerta lo sacó de sus reflexiones. A regañadientes, se acercó y la abrió. En el pasillo, dos agentes con el uniforme negro de la Brigada Civil le conminaron.

—Albardo Palomares, acompáñenos.

Las dependencias de la Dirección General de la Brigada Civil mostraban una inusitada actividad. Los agentes que custodiaban a Albardo sortearon las mesas ocupadas por las operadoras y a los agentes que llenaban las salas hasta alcanzar la oficina de la inspectora jefe Galana, permitieron el paso al detenido y se retiraron.

Galana, de espaldas a la puerta, estaba de pie con los brazos cruzados a la espalda en la típica posición militar, contemplando el paisaje urbano que se divisaba a través del gran ventanal que enmarcaba parte de la pared que enfrentaba la puerta de la oficina.

DE DURMIENTES Y CAMINANTES

Con estudiada parsimonia, se dio la vuelta. La expresión de su cara, acentuada por el afilado brillo de sus ojos, denotaba a las claras el esfuerzo que hacía para controlar la ira que amenazaba con irrumpir en cualquier momento. Se plantó frente a Albardo, quien, al igual que ella, permanecía de pie en el centro de la oficina tranquilo y relajado.

—Bien, querido Albardo, debo confesar que has tenido la habilidad de engañarnos a mí, personalmente, y a todo el departamento. Has jugado la peligrosa partida de intrigar a dos bandas, a sabiendas de que antes o después saldrían a la luz tus maniobras. Has tomado partido por los asesinos, los enemigos de la patria que amenazan nuestros sagrados valores, nuestras creencias, consciente de que el precio a pagar para llevar a buen término tu alianza con los terroristas y con la nación enemiga de tu país serían las vidas de tus compatriotas. Ya sabes que estás irremisiblemente condenado, pero, aun así, te voy a conceder la oportunidad de explicar por qué has renegado de tu dios, de tu gente y de ti mismo.

Al llegar a tal punto, Galana se detuvo y, sin desviar su amenazante mirada de la de Albardo, caminó con calma hasta la mesa del despacho, acercó su silla y se acomodó. Sentada a la mesa de metal, se inclinó y apoyó ambas manos sobre la fría superficie, al tiempo que atravesaba la persona de Albardo con su gélida mirada.

Él, de pie frente a ella, mostraba en su rostro una risueña mueca que pareció neutralizar las cambiantes expresiones amenazadoras de su antagonista. Sin abandonar el rictus cargado de insolencia que mostraba su rostro, se giró a la derecha, donde estaba la silla frente a la mesa. Tranquilo, la cogió por el respaldo, la acercó y tomó asiento.

La repentina arrogancia de Albardo la desarmó. Incapaz de reafirmar su autoridad para obligarlo a permanecer de pie, carraspeó en un vano intento de ocultar su desconcierto, cogió un bolígrafo que había junto a unos folios desparramados de cualquier forma y, jugando con él entre los dedos de ambas manos, procuró mantener el tono firme de su voz y dijo:

—Bien, estoy esperando una respuesta, si es que tienes alguna, pues tu traición no ofrece ningún atenuante, ya que no hay justificación para tu criminal conducta.

Albardo, muy erguido, manteniendo su espalda recta en actitud desafiante, compuso una ambigua mirada, cruzó los brazos sobre el pecho y se dispuso a contestar.

—Cuando nos conocimos en la convención anual de Narod, me abordaste buscando en mí indicios sospechosos por los que inculparme de algún delito, no importaba cuál, pues cumplías con tu trabajo. Estabas equivocada respecto a mí, ya que yo era un solitario creyente y honrado, cumplidor de los preceptos dictados por el gobierno, incapaz de cometer delito alguno que atentase contra las leyes de Antagón.

Suspiró con evidente cansancio y prosiguió:

»Buscando alguna reacción sospechosa que me delatase, me hablaste de la filosofía de los caminantes e insinuaste que simpatizabas con ellos en contra de nuestro gobierno, buscando de nuevo indicios que me convirtiesen en sospechoso de comulgar con las ideas de los disidentes. Obviamente, no hallaste nada reprobable. A pesar de ello, seguiste insistiendo, averiguaste sobre mí e, incluso, me acosaste presentándote en la casa de comidas que yo frecuentaba.

Albardo procuro sonreír con picardía, observó a Galana de soslayo y continuó:

»Sin tú saberlo, te convertiste en el instrumento que me abrió la conciencia a la realidad ante la que había permanecido cegado durante toda mi vida. Al principio, sentí invadida mi soledad y reaccioné rechazándote. Con el paso de los días, algo cambió dentro de mí. Ese cambio creció imperceptible. Por un lado, la semilla de las ideas de los caminantes comenzó a fructificar en mi conciencia. Asimismo, me descubrí pensando en ti constantemente. Poco a poco, me estaba convirtiendo en un hombre nuevo. Ya no me satisfacían las irrisorias promesas que me aportaba la fe en Diggergod. Hoy no las necesito. No tengo que justificarme. Acepto las consecuencias de mis acciones y tú… deberías aceptar las de las tuyas.

Galana, mientras escuchaba los argumentos de Albardo, experimentaba una extraña sensación de calidez que invadía su vientre, un impulso de sensualidad contenida que atenazaba su racionalidad. Era una sensación nueva, animalesca, imparable. La innegable sumisión de Albardo, el sutil grito contenido de este ofreciéndose como la víctima dispuesta a aceptar el sacrificio, rendido e indefenso, la excitaba. Aquella nueva emoción la sumió en un incómodo estado de desconcierto.

Inclinó hacia atrás la silla y, adoptando una postura contenida de pretendida arrogancia, interrumpió el monólogo de Albardo y preguntó:

—¿A qué te refieres cuando sugieres que yo también debo enfrentar las consecuencias de mis acciones?

—Galana, todos debemos hacernos responsables de nuestros actos. Ni siquiera tú puedes escapar a esta ley natural… Mantuviste una relación sentimental con Tomazo, a sabiendas de que es un probado delincuente, confidente de la Policía y de la Brigada Civil. Tú misma en ocasiones utilizaste sus servicios. Tomazo se vende al mejor postor, y ello incluye a los caminantes. ¿No te has parado a pensar que el atentado cometido en tu casa sucedió cuando manteníais vuestra íntima relación? ¿Dónde obtuvieron los caminantes los detalles referentes a la celebración de la fiesta de tu casa? Piénsalo…

Al llegar a ese punto, Albardo permaneció en silencio, a la espera de una reacción de Galana a sus palabras. Ella, ignorando aparentemente la velada acusación, retomó el interrogatorio de Albardo.

—Todo lo que me has contado no ha aportado nada que pueda justificar tu crimen. No puedes culparme de tus fantasías. No me interesan tus reflexiones, no me sirven; has cometido un delito y vas a ser condenado a la pena capital. Y repito que no soy responsable de tus enfermizas fantasías filosóficas a todas luces inútiles. El Creador nos ha puesto en esta vida para que lo veneremos y honremos su palabra, y tú eres un sacrílego que ha caído en las redes de los diabólicos caminantes, instrumentos del maligno. Estás tan poseído por él que no tienes el más mínimo atisbo de arrepentimiento.

Dicho esto, se levantó, caminó hasta la entrada de la oficina y, dirigiéndose a los agentes, quienes aguardaban el desenlace del interrogatorio, ordenó:

—Bajad al detenido a los calabozos.

La insidiosa acusación de Albardo sobre los encuentros mantenidos con Tomazo obligó a Galana a reaccionar. Cursó la orden de detención de este, que fue conducido a una de las temibles dependencias secretas donde la Brigada Civil encarcelaba y torturaba a los detenidos susceptibles de poseer información relevante. Tras varios días de aislamiento y constantes torturas,

Tomazo confesó su implicación en el atentado de la mansión de Casad. La información obtenida desencadenó una serie de detenciones que culminó con la eliminación de la célula liderada por Garballo.

A la espera del innecesario juicio, ya que el veredicto estaba decidido de antemano, Albardo y Tomazo fueron conducidos a la penitenciaría de Ciudad Bolsano.

12

Las noticias que llegaban del frente no eran halagüeñas. Las tropas de ocupación desplegadas en la frontera slagana habían sufrido importantes derrotas. El ejército de Antagón apenas había logrado avanzar cinco kilómetros en territorio slagano, siendo rechazado por la enérgica resistencia de las tropas slaganas que amenazaban no solo con repeler la fracasada ofensiva, sino también con recuperar los escasos kilómetros de suelo slagano, avanzar e iniciar una contundente ofensiva en territorio antagonés.

El evidente fracaso de los antagoneses se debía a dos factores esenciales: la falta de preparación militar del bisoño ejército compuesto por los ciudadanos reclutados a la fuerza, enviados al frente sin apenas entrenamiento militar, y la ausencia de motivación de estos y de un amplio sector de los militares profesionales, quienes, apoyados por los caminantes y el servicio de inteligencia slagano, planeaban derrocar al nefasto gobierno al servicio del líder supremo Ashir. En cambio, el ejército slagano, formado por soldados profesionales, tenía una buena razón para luchar: defender su país ante la invasión del ejército de los dictadores antagoneses.

La penitenciaría de Ciudad Bolsano estaba ubicada en la periferia de la urbe. Rodeada por un alto muro de unos diez metros de altura de hormigón reforzado con acero, coronado por alambres de púas y torres de vigilancia estratégicamente emplazadas cada cincuenta metros, la penitenciaría era una instalación de alta seguridad diseñada para mantener a los reclusos bajo un control estricto.

La sala de admisión era un vasto espacio iluminado por fluorescentes que emitían una luz fría. Las paredes, de un color gris pálido, estaban cubiertas de carteles con las normas y procedimientos de la prisión.

El aire rezumaba una densa mezcolanza de sudor y desinfectante. La opresiva atmósfera estaba llena de apagados murmullos, el brusco resonar de las botas de los guardias sobre el pavimento y el cortante eco de las puertas metálicas al cerrarse.

La fila de los nuevos reclusos esperaba su turno para recoger los uniformes penitenciarios, un largo sayo de un gris desvaído que se abotonaba hasta el cuello y pantalones excesivamente amplios del mismo tejido, rematados por unas vastas alpargatas de esparto amarillo.

Los rostros de los nuevos reclusos mostraban un variado conjunto de expresiones humanas enfrentadas al cautiverio: miradas de resignación, de miedo, de agresividad y de ira contenida.

Cada recluso avanzaba lentamente hacia un mostrador de mampostería recubierto de azulejos grisáceos donde dos funcionarios, que hacían gala de una total indiferencia, les entregaban sus pertenencias.

Al otro lado de una sólida reja que separaba la zona de recepción del resto de la prisión, se escuchaba el murmullo creciente de los presos veteranos, que observaban con curiosidad a los recién llegados. Varios presos pertenecientes a los caminantes reconocieron a Tomazo y Albardo, y comenzaron a difundir los rumores sobre la delación de este a las autoridades, desvelando la identidad de los caminantes pertenecientes a la célula liderada por Garballo.

El revuelo aumentó cuando se corrió la voz de que entre ellos había un delator. Las miradas se tornaron intensas y amenazadoras. Se podían percibir risas y amenazas veladas que presagiaban cómo iba a ser la estancia de Albardo en la prisión de Ciudad Bolsano.

Las miradas que recibía desde la reja lo obligaron a mantener la cabeza baja. Aun así, podía sentir las amenazas contenidas en cada gesto y en cada palabra susurrada. La ansiedad que crecía a cada segundo dentro de sí, mezclada con el miedo, le provocaba una insoportable angustia difícil de controlar.

El funcionario que le entregó el uniforme se volvió hacia un policía armado y ordenó:

—El recluso 3875, al cubículo B56 de máxima seguridad.

Albardo respiró aliviado. Conocía, gracias a las semanas que permaneció detenido junto con Garballo, la existencia de las celdas de máxima seguridad.

Finalmente, ante las amenazadoras miradas y los insultos de los presos agolpados contra la verja que les separaba de la sala de admisión, Albardo fue conducido al pabellón de máxima seguridad, donde se confinaba a los presos más peligrosos o, como en su caso, amenazados de muerte.

El pabellón constaba de un largo pasillo enrejado flanqueado por numerosas celdas individuales con paredes de hormigón reforzado y puertas de acero sólido, equipadas con cámaras de vigilancia las veinticuatro horas y mobiliario fijo e irrompible, con el acceso a las áreas comunes limitado y escoltados en todo momento por los guardias, diseñadas para evitar cualquier intento de fuga o violencia.

★★★★★

Por primera vez en su vida Andrea odiaba. El odio que sentía era tan inmenso y disparatado que amenazaba seriamente con destruir la enérgica voluntad que le caracterizaba, que le permitía disfrutar de las amables lagunas que, cual frescos oasis, la vida dispone en el camino de los seres humanos, como si se tratase de un premio de consolación para endulzar las constantes absurdidades que se deben enfrentar gracias a la fortuita circunstancia de estar vivo.

Las noticias de la detención y la prevista aplicación de la pena capital a Tomazo y Albardo no tardaron en llegar a su conocimiento.

Una calma determinada lo invadió. Sus ojos se entrecerraron, buscando ocultar los fríos destellos de furia contenida que pugnaba por irrumpir incontrolada. Los dientes apretados y la tensión de su mandíbula delataban la lucha que se libraba en su fuero interno.

Erguido, con la espalda recta y los hombros relajados, con deliberada lentitud, como si cada acción tuviera un propósito claro y definido, caminó hacia la puerta de su oficina y, con voz firme, ordenó al agente que permanecía sentado a la mesa más cercana:

—Herlado, comunícame con el director de la prisión.

La sala de comunicación bis a bis reflejaba el control implacable del régimen autocrático. Pensada para los encuentros entre los reclusos y sus seres queridos, resultaba ser una amalgama de legalidad opresiva y un patético remedo de normalidad democrática.

El primer choque visual que se experimentaba al entrar era la combinación de verdes y grises oscuros que dominaba el entorno, el aire cargado de humedad y un vago olor a humanidad atormentada.

Andrea, sentado en una de las sillas de metal, fijadas al suelo con gruesos tornillos, frente a un mostrador de plástico dividido por una mampara de cristal blindado, aguardaba que Albardo fuera conducido a su presencia escoltado por los dos guardias armados que tenía asignados de acuerdo con el protocolo de máxima seguridad.

En un rincón del cubículo, la cámara de vigilancia que grababa las entrevistas había sido apagada por orden de Andrea gracias a la autoridad que le otorgaba el privilegio inherente a su cargo de jefe de la sección de Seguridad Nacional.

Mientras esperaba, repasaba el triste encuentro mantenido horas antes con Tomazo en el mismo lugar en el que ahora esperaba ver a su amigo Albardo.

Tomazo intentaba por todos los medios adoptar un aire de dureza que estaba lejos de sentir. Procuraba mostrar un talante distendido que distaba mucho de reflejar. La cruda realidad delataba a un hombre roto, asustado, que contaba los días que restaban para enfrentar el ineludible trance de la muerte. Apenas podía sostener con su temblorosa mano el auricular del teléfono con el que se comunicaban los reclusos y los visitantes. Una triste mueca, que pretendía ser una sonrisa desenfadada, estaba presente en su rostro en todo momento.

La esperpéntica máscara que vestía Tomazo acentuaba la tristeza y el odio implacable hacia Galana, enquistado en el corazón de Andrea.

—Tomazo, ¿cómo fuiste tan estúpido de caer en las sucias redes de Galana? Estoy enfurecido y frustrado porque me es imposible hacer nada por ti. He hablado con su padre, el ministro Casad, y me ha ordenado categóricamente que acepte el veredicto de los líderes religiosos, pues no existe la más mínima posibilidad de que te sea conmutada la pena de muerte. Albardo y tú vais a ser ajusticiados… ¡Maldita sea, hermano! No puedo hacer nada por vosotros. ¿Lo entiendes? ¡Nada!

Tomazo, ante la desesperación de Andrea, pareció encontrar la entereza que necesitaba y sostuvo el auricular con la mano firme que había dejado de temblar.

Las pequeñas ventanas enrejadas permitían a duras penas la entrada de la luz del pujante mediodía que apenas conseguía suavizar la dureza de la escena que protagonizaban los dos hermanos. El cristal de estas, grueso y sucio, creaba un filtro opaco que distorsionaba la vista de la luminosa mañana de fuera, insinuando el atisbo distante de una inalcanzable libertad.

El tiempo parecía haberse detenido. Los segundos se arrastraban interminables, infestando el aire con una palpable tensión. Un reloj fijado a la pared a espaldas de Tomazo avanzaba con lentitud exasperante recordando que el tiempo ahí dentro era una construcción de la dictadura, otra de sus herramientas de control implacable.

—Escúchame, hermano, no sufras Yo estoy preparado para enfrentarme a la muerte. Las cosas son como son. Tú no puedes hacer nada para cambiarlas. Piensa en la situación de tu amigo Albardo, a quien la muerte lo persigue doblemente, pues alguien ha hecho correr el rumor de que ha sido él quien me ha delatado a Galana para salvar el pellejo; esa acusación es falsa. Los presos amenazan con darle muerte a la más mínima ocasión que se les presente, así que está condenado por la justicia de Antagón y por los presos de la prisión. Tu amigo no está tan entero como yo. Está asustado, encerrado en una celda de máxima seguridad. Es a él a quien tienes que confortar. ¡Ánimo! Un abrazo, Andrea. Seamos fuertes. La vida es una absurda comedia que termina para todos antes o después…

Andrea sacudió la cabeza, sobresaltado por el desagradable sonido metálico de la puerta al abrirse dándole paso a Albardo y su escolta.

Le sorprendió la actitud desafiante con la que su amigo entró en la sala y el aire de dignidad un tanto exagerado al acomodarse al otro lado del cristal protector. Su cara evidenciaba el cansancio provocado por la constante tensión a la que se había visto arrastrado por la dramática situación en la que se hallaba atrapado. Eran visibles la pérdida de peso y las ojeras, que reflejaban la batalla que libraba para mantener a raya el miedo y la angustia que le provocaba el pensamiento del camino hacia lo desconocido que debería emprender dentro de pocos días.

El humillante uniforme que vestía le confería el degradante aspecto del condenado despojado de sus derechos y dignidad, reduciéndolo a la condición de un animal enjaulado. Sin embargo, sus ojos conservaban la afilada chispa desafiante con la que plantaba cara a sus inquisidores. Su mirada era un grito desgarrado que clamaba: «Despreciables dictadores, vuestra maldad no tiene límites. Sabed que yo soy dueño de mi libertad. Voy a sobrevivir, voy a ser libre, y nada ni nadie impedirá que os desprecie por toda la eternidad, hasta el final de las encrucijadas de los tiempos».

—Albardo, ¿cómo te encuentras, amigo? —preguntó Andrea, al tiempo que lo observaba, tratando de descifrar cada detalle de su rostro, y el lenguaje de sus ojos y las manos, que Albardo mantenía posadas sobre el mostrador que los separaba.

Al notar que su amigo le hablaba a través del auricular, Albardo se apresuró a descolgar el suyo.

—Estoy bien, dadas las circunstancias… Ya sabrás que me han confinado en el pabellón de máxima seguridad. Los caminantes están decididos a matarme debido a los rumores que corren por aquí acusándome de haberles delatado a las autoridades. Son falsos, debes creerme, Andrea —alegó, suplicante.

—Ya sé que tú serías incapaz de caer tan bajo. Además, Tomazo me ha asegurado que eres inocente —afirmó, con tristeza—. Sé que la Brigada Civil, por orden de Galana, torturó a mi hermano durante días hasta arrancarle la confesión de su implicación en el atentado en la fiesta de Casad… Prefiero no entrar en más detalles de momento.

Albardo se quedó mirándolo con una peculiar expresión dibujada en sus ojos. Inconscientemente, jugueteaba con el auricular, pasándoselo de una mano a otra. Carraspeó y se aclaró la garganta.

—Andrea, me quedan pocos días. No quiero irme ocultándote mi verdadero yo. Eres mi único amigo. Siento que es mi deber sincerarme contigo, no quiero dejar nada pendiente.

Andrea, intrigado, guardaba silencio a la espera de lo que Albardo quería confesar.

—Cuando Galana propuso infiltrarme en las filas de los caminantes, acepté con la esperanza de saldar mi cuenta con la justicia. Ya sabes que, para ello, me encerró en el calabozo con

Garballo, el cabecilla de la célula local. En un principio, estaba decidido a secundar sus planes. Pero con el paso de los días, a medida que conversábamos, fui despertando, y comprendí que no había dudado en sacrificar mi libertad personal a cambio de la ilusoria sensación de seguridad que me proporcionaban las promesas de los intermediarios y los embajadores, que me obligaban a venerar al líder supremo como representante del Creador en la tierra, como el símbolo viviente de la unidad y fortaleza nacional. Comprendí que mi fe se sostenía gracias a la pereza causada por mi falta de empatía hacia los demás. Prefería volcar mi responsabilidad personal sobre el regazo de las falacias de la religión.

»Gracias a mis conversaciones con Garballo, abrí los ojos a la realidad que yo no podía ver, a pesar de tenerla frente a mí en todo momento. Nuestro país, nuestra religión, las creencias, todo estaba asentado sobre mentiras. La fe no era más que un medio para perpetuar el poder de los líderes religiosos.

Albardo observaba con hipnótica fijeza los ojos de Andrea. Quería grabar sus palabras en lo más profundo del alma de su amigo.

—Supe que los hombres que marcan nuestros destinos son marionetas manipuladas por la religión, que utiliza el rebaño como materia maleable, ajena al sufrimiento y las necesidades de la masa; que este sistema político sustentado por la dictadura de nuestros líderes religiosos nos mantiene en un constante estado de sonambulismo del que no podremos despertar sin ayuda.

Suspiró con marcado cansancio y continuó:

»Despertar a los durmientes es la tarea de los caminantes. Ellos cargan con la dolorosa conciencia de «ser». El caminante enfrenta el despertar de todos los temores, acepta la absurdidad de la existencia, abraza la libertad incondicionalmente, sin miedos. Para llegar a ser libre, la fe es una pesada carga que impide avanzar por los múltiples caminos que la vida nos ofrece. Para ello hay que despertar, enfrentar los abismos, lanzarse sin los miedos adquiridos durante los degradantes letargos impuestos por esta, y enfrentar lo absurdo para despojarlo de su poder. Por ello, cuando «supe», decidí abrazar la causa de los caminantes.

En ese punto, Andrea interrumpió con suavidad a su amigo y le dijo:

—Albardo, yo también tengo una confesión que hacerte…

★★★★★

Antagón se debatía bajo una oscura nube de tensión y conflicto. Los muros de los edificios aparecían cubiertos de propaganda bélica: carteles que enaltecían el valor y el sacrificio por la patria, imágenes del líder Ashir con la vista alzada hacia el cielo en actitud devota, y frases llamando a la unidad y la victoria sobre Slagana.

A pesar de toda aquella parafernalia, los rostros de los ciudadanos relataban otra realidad. Los ojos hundidos hablaban de un pueblo al borde de la desesperación. Las tiendas de comestibles estaban vacías. Largas colas de personas esperando sus raciones de comida se alargaban por varias calles. La escasez de alimentos era evidente. Lo poco que restaba se distribuía con rigurosa parsimonia. Los precios habían alcanzado cifras astronómicas.

El país estaba dividido en dos facciones claramente antagonistas. Por un lado, el gobierno y sus seguidores, fanáticos defensores de la campaña militar, compuestos por los altos mandos del ejército, funcionarios gubernamentales, la Iglesia y una élite económica que se beneficiaría del saqueo de los recursos de Slagana.

Para estos, la invasión suponía una cuestión de orgullo nacional y supervivencia. Una cruzada religiosa justificada por el intento de conquista por parte de Slagana, una mentira que ocultaba las verdaderas razones de los líderes religiosos y militares de Antagón.

Los rumores de arrestos arbitrarios, torturas y desapariciones se esparcían como una venenosa neblina que erizaba la piel. Las familias permanecían en sus casas, comentando con temerosos susurros las constantes noticias que transmitían las pantallas repetidoras.

Aun así, a pesar de la opresión y la miseria, en los rincones más íntimos de Antagón seguía requemándose un rescoldo de esperanza. El sentimiento de solidaridad entre la gente se fortalecía. Las historias de los actos de resistencia devenían leyendas urbanas que inspiraban y alentaban al sometido pueblo.

Los caminantes estaban decididos a seguir luchando por un cambio. En sus ánimos brillaba una determinación que ni la propaganda ni la represión podrían apagar.

Galana deseaba estar satisfecha. Había logrado desmantelar la importante célula de los disidentes que operaba en el distrito financiero y gubernamental de Ciudad Bolsano, además de encarcelar a Tomazo, responsable del atentado que casi acabó con la vida de su padre, y a Albardo, confidente al servicio de los caminantes. Sin embargo, el sentimiento de incomodidad que la molestaba permanecía en su ánimo en todo momento.

Un cúmulo de sentimientos encontrados atenuaba la sensación de triunfo que debería recompensar los esfuerzos empleados en el cumplimiento de su deber. Si bien era cierto que todo el departamento la felicitó con gran entusiasmo, las agridulces objeciones que emergían de su corazón provocaban el molesto desasosiego que no le permitía disfrutar plenamente de los logros alcanzados.

Así como el pensamiento de la detención y condena de Tomazo la dejó indiferente, la imagen de Albardo embutido en el denigrante sayo gris de la penitenciaría la entristecía. Esos dos pensamientos eran oscuros y turbulentos, como una red de emociones entrelazadas de la que le resultaba difícil sustraerse.

«Me siento atrapada en una maraña de sentimientos encontrados. Soy fiel a la justicia que represento sin cuestionarla y, por el otro lado, el inconfesable deseo de tenerlo cerca de mí, dispuesto a satisfacer mis deseos sin importar cuales sean. Me pregunto si, al obligarlo a realizar mis acciones, realmente esperaba que se llegase a estos extremos. ¿Qué clase de justicia es esta que me deja este amargo sabor que impide mi satisfacción al haber llevado a buen fin mis logros? La balanza de mi justicia parece haber perdido su equilibrio. Se ha inclinado pesadamente sobre mi conciencia. La culpa es un veneno lento. Saberlo ante el verdugo no es solo un adelanto de su destino, sino también del mío; la certidumbre del deber cumplido no alivia mi carga emocional. Cada vez que intento justificar mis acciones, una voz interior me recuerda la evidencia. Albardo es más que un mero instrumento de mis ideas. Mi tristeza no es solo por la pérdida de un aliado, sino por la realización de mi propio fracaso. Desde ahora, habré de enfrentar esta dualidad, aceptar que mis acciones trascienden el ámbito de la justicia. La consecuencia por haber jugado con su destino sin haber previsto el alcance de mis decisiones».

13

En el corazón del regio palacio gubernamental de Antagón, una inmensa sala de juntas se erigía como el corazón donde se tomaban las decisiones más cruciales del país. La sala era un recinto amplio de techos altos adornados con frescos que representaban el advenimiento del creador Diggergod. Las paredes estaban revestidas con paneles de nogal oscuro decoradas con tapices que narraban las victorias del Creador en la lucha para erradicar los diablos representados por los mandatarios del antiguo gobierno legal, derrocado por el golpe de Estado perpetrado por las fuerzas comandadas por los líderes religiosos del culto de Diggergod.

En el centro de la estancia, una larga mesa rectangular de caoba pulida ocupaba el lugar prominente. Las sillas alineadas a lo largo y ancho de la mesa eran una obra de arte en sí mismas. Con respaldos altos y cojines de terciopelo morado, estaban adornadas con escudos dorados que representaban los distintos ministerios y ramas del gobierno. Frente a cada uno de los asientos, había diminutos micrófonos y lujosas carpetas de piel que contenían los útiles de escritura.

A la derecha de la mesa, se sentaban los líderes religiosos, figuras imponentes envueltas en sobrecargadas túnicas ceremoniales, presididos por el líder supremo Ashir.

En el lado opuesto, los altos mandos militares ocupaban sus lugares con actitud severa y decidida.

Finalmente, en el centro de la mesa, el primer ministro Casad y sus ayudantes se encargaban de evaluar y coordinar las distintas opciones planteadas por los mandos militares y religiosos.

—¡Es inadmisible que nuestras fuerzas hayan sido superadas por el enemigo! —exclamó airado el general Cracios.

El general en mando de las fuerzas antagonesas, Cracios, era de estatura mediana. A sus setenta años había dejado muy atrás la atlética figura de su juventud. Lucía una respetable acumulación de grasa en el vientre. Sus ojos marrones, sin embargo, conservaban la fiera mirada que imponía el respeto de los demás.

Cracios era un militar a la vieja usanza. Sus creencias estaban depositadas en lo militar. Para él, la religión resultaba irrelevante. Su filosofía se basaba en la premisa de la supremacía militar sobre el resto de los estratos de la sociedad, incluida la religión, razón por la que el líder supremo Ashir y él mantenían una sutil enemistad que, por razones obvias, no llegaba a materializarse.

—General, el fracaso de las operaciones de su ejército es una señal de descontento de nuestro amado Diggergod —aseguró Ashir, con voz suave de amenaza contenida.

—Ya sabe que hay indicios de rebeldía en el seno de las fuerzas armadas; ciertos elementos dentro de sus filas se han vendido al enemigo, que, en conjunción con los caminantes, traman atentar contra nuestros sagrados principios y hacerse con el poder. —El religioso orquestó una dramática pausa, alzó las manos hacia arriba en un gesto de adoración a su ficticio Diggergod y se dirigió de nuevo al general—: Su deber, general Cracios, es identificar y neutralizar a esos traidores. Que el Creador condene al fuego eterno.

Cracios, visiblemente molesto con la intervención de Ashir, levantó su mano derecha para pedir la palabra y replicó:

—Dudo que su amado Diggergod esté pendiente de nuestras mundanas cuestiones. Es cierto que existen indicios de rebeldía en el ejército, pero le aseguro que esos elementos subversivos son una mínima parte de nuestros oficiales y soldados.

—La raíz del fracaso de la ofensiva en suelo slagano se debe a la falta de preparación de las fuerzas reclutadas obligatoriamente y a la escasez de recursos con los que cuento. Yo propongo una tregua temporal, que podría sernos beneficiosa; nos daría tiempo para fortalecer nuestra posición sin menguar nuestros recursos y concentrarnos en identificar y eliminar a los rebeldes que conspiran contra el gobierno dentro de nuestras filas.

El líder supremo asintió sin abandonar el familiar aire de ficticia devoción que le caracterizaba y agregó:

—El Creador, en su divina sapiencia, nos enseña que la fuerza sin sabiduría conduce al fracaso; debemos combinar nuestra fuerza con la astucia y la fe —declaró mientras observaba a los asistentes con su intensa mirada—. Diggergod me acaba de revelar los preceptos a seguir: nos da su bendición para iniciar una ronda de negociaciones con el país enemigo.

★★★★★

La sofocante noche de Ciudad Bolsano había adoptado un aire de palpable tensión. Las calles estaban invadidas por un silencio cortante. Las sombras reptaban bajo la luz de las farolas que dibujaban fantasmales figuras que parecían moverse con vida propia.

La caza de los disidentes y de los rebeldes que conspiraban para ejecutar el golpe militar para derrocar el gobierno se puso en marcha. Para ello se movilizaron los servicios de inteligencia de la Brigada Civil y las fuerzas de la Seguridad Nacional comandadas por Andrea.

El centro de operaciones estaba ubicado en un anodino almacén oculto en uno de los polígonos industriales de las afueras de la ciudad. Los agentes de inteligencia llenaban la sala. Las comunicaciones de las radios crepitaban constantemente, interpretando un flujo interminable de órdenes y actualizaciones.

Las noticias de un posible golpe de mano dentro de las fuerzas armadas con la ayuda de los caminantes habían alterado la precaria rutina de los ciudadanos. Las tiendas cerraban temprano; las patrullas del ejército eran una presencia constante; vehículos blindados patrullaban sin descanso y los helicópteros sobrevolaban el cielo, hiriendo las calles y avenidas con los haces de sus reflectores.

Galana observaba la imagen que le devolvía el gran espejo rectangular asentado encima del lavamanos del cuarto de baño. El pegajoso bochorno la obligó a refrescarse la cara y el cuello, a sabiendas de que la calurosa noche de Ciudad Bolsano la empaparía de sudor en pocos minutos. El rostro que veía era el de una mujer decidida con un rictus de cruel determinación dibujado por los finos labios que no sonreían. Los inoportunos recuerdos de Albardo habían desaparecido de su memoria, relegados a los inviolables rincones de su conciencia. Se refrescó una vez más la frente y las mejillas con agua, y se mesó apresurada el cabello, que se le derramaba por la frente. A continuación, se dirigió al gran salón que dominaba la entrada de la mansión y se dispuso a salir camino del centro de control de la Brigada Civil, para reunirse con el grupo que gestionaba las operaciones de inteligencia.

Satisfecha, salió a la noche, que lucía una espesa bóveda estrellada que parecía querer sofocar la vida de la ciudad con sus intensos calores. El ronroneo de los helicópteros que patrullaban desde el cielo la ciudad semejaba perezosos insectos voladores que zumbaban sin rumbo en la densa negrura.

El todoterreno negro sin identificación, con los cristales tintados, estaba aparcado en la calle frente al garaje de la mansión. Galana encendió un cigarrillo, abrió la puerta del conductor y se acomodó frente al volante. Sin prisas, permaneció sentada, apurándolo pensativa. Observó la larga avenida que tenía frente a sí, flanqueada de álamos blancos y enhiestas farolas que esparcían sus haces de luz amarillenta que le daban a la noche un aspecto de sombría tristeza.

Finalmente, suspiró con energía, apagó el resto del cigarrillo en el cenicero adosado a la guantera del vehículo y arrancó el motor.

Un universo insoportablemente brillante rasgó la noche. Miríadas de silenciosos soles expandieron la vulnerable realidad de los órganos de Galana. Su cuerpo dejó de ser suyo. En una fracción infinitesimal todo su ser se integró en el seno del radiante fragor que iluminó la entrada de la mansión del primer ministro Casad.

La noticia de la explosión que acabó con la vida de la inspectora jefe de la Brigada Civil de Ciudad Bolsano se esparció como un gélido vendaval por la ciudad. El artefacto explosivo adosado a los bajos del vehículo fue activado por control remoto, detonado por alguien que vigilaba en todo momento los pasos de Galana.

La prisión de Ciudad Bolsano despertó con la noticia del asesinato de la inspectora jefe de la Brigada Civil. Los presos celebraron con júbilo el atentado. La Brigada Civil era temida y odiada a partes iguales. Por ello, la muerte de uno de sus cabecillas era una noticia digna de celebración.

Albardo lo supo gracias al preso que, acompañado por dos guardias armados, distribuía la comida a los reclusos ocupantes de las celdas de máxima seguridad.

Estaba desolado. Apenas podía soportar la idea del asesinato de Galana. Su muerte lo arrastró a un amargo sentimiento de revancha que crecía insidioso en su interior como una malévola infección que reptaba en su alma y en su conciencia. La sensación que le producía el acerado odio que sentía hacia los asesinos de la única persona que despertó en él aquellas brutales avalanchas de genuinas emociones que le obligaron a sentirse vivo en todo momento, la tórrida sumisión a las demandas disfrazadas de indiferencia de las que ella le hacía objeto bastaban para llenar con creces los vacíos acumulados a lo largo de toda su vida; su autoanulación ante la voluntad de ella distaba mucho de la humillante mansedumbre que adoptó en el pasado para huir de los abismos necesarios que lo liberarían de su condición de esclavo encadenado a los fantasmales miedos a ser libre.

Él había abrazado las sensuales demandas de Galana voluntariamente, poseído por la inagotable ira que anidó en su corazón. Renegó del «tú debes», grabado en la piel del mítico dragón, e hizo suyo el «yo quiero» del orgulloso león de las desoladas sabanas.

En la soledad de su celda, liberó las riendas de su ira y encontró el camino que le conduciría hasta la ansiada libertad que necesitaba para desgajar las vidas de aquellos débiles esclavos responsables de la muerte de Galana. Sonrió con calculada malevolencia, se tumbó en el estrecho camastro de metal y se abandonó al sueño.

Slagana aceptó la tregua solicitada por el gobierno de Antagón. Al cabo de varias tediosas e interminables negociaciones entre ambos gobiernos, se acordó un simbólico alto el fuego que, en la práctica, se tradujo en la retirada de las fuerzas antagonesas y la promesa escrita de que ambos países desistían de emprender cualquier aventura militarista que los involucrara.

Slagana no deseaba confrontar el país vecino, ya que en circunstancias normales no mantenía relación alguna con este. Slagana consideraba el régimen dictatorial como un asunto interno de Antagón, y este, por su parte, carecía de recursos con los que financiar una guerra que fracasaría aun antes de emprenderla.

El fracasó de la invasión se le presentó a la población de Antagón como el glorioso triunfo de los seguidores de Diggergod, quien en su inmensa misericordia decidió perdonar las malvadas conspiraciones de los enemigos slaganos. Ordenó a las invencibles fuerzas comandadas por el general Cracios la retirada inmediata del territorio ocupado en nombre de la paz, así como asegurar el bienestar de su querido pueblo Antagón.

La farsa no convenció al pueblo. Aun así, los ciudadanos respiraron aliviados. Los jóvenes reclutados a la fuerza regresarían con sus familias sanos y salvos, y el recuerdo de la intentona militar se convertiría en un mal sueño del que afortunadamente despertarían.

Andrea recibió noticias de Albardo pidiéndole que intercediera ante el primer ministro Casad para que le concediera una audiencia para solicitar la revisión de su condena. Con motivo de la hipotética victoria de las fuerzas armadas antagonesas contra el ejército enemigo, el Creador había declarado la fiesta nacional del Día de la Victoria, que se celebraría el siguiente domingo. Los festejos irían acompañados del indulto a varios presos, perdón que se otorgaba para mayor gloria del divino Diggergod.

14

El secretario del primer ministro poseía una mirada turbia. Era bastante corpulento, aspecto que no cuadraba con su profesión. Sus modales eran mesurados, aunque no por ello dejaba de inspirar respeto. Vestía un pantalón negro muy ajustado y una amplia camisola de lino gris abotonada hasta el cuello. El hombretón desconfiaba claramente de Albardo; con un escueto «espera aquí» lo dejó plantado sin ofrecerle un asiento en el centro del amplio vestíbulo que conducía a la sala de audiencias del palacio gubernamental.

Las altas ventanas filtraban la luz del sol que iluminaba con destellos dorados el salón de audiencias. El primer ministro Casad aguardaba en su despacho privado, una habitación imponente decorada con un estilo recargado. Las paredes estaban revestidas con paneles de madera oscura de los que colgaban pretenciosas pinturas de los anteriores líderes del país. En el centro de la estancia, una gran alfombra cubría el suelo de mármol y, sobre esta, descansaba un suntuoso escritorio de caoba escrupulosamente ordenado.

Los ventanales, altos y estrechos, ofrecían una hermosa vista de los jardines del palacio con sus fuentes y estatuas que se entrelazaban con múltiples arbustos bien cuidados y una arboleda de naranjos amargos que ofrecían agradables sombras por las que pasear.

Albardo esperaba fuera del despacho, preso de una mezcla de nerviosismo y anticipación. Mientras tanto, no podía dejar de preguntarse si el camino que estaba a punto de iniciar estaba justificado. Temiendo permitir que las dudas afloraran, sacudió la cabeza decidido y respiró profundamente para calmar los nervios. La puerta del despacho se abrió y el corpulento secretario le indicó que podía pasar.

Al entrar, el primer ministro Casad se levantó de su asiento y lo animó a sentarse en una silla frente al escritorio.

—Por favor, siéntate. Ponte cómodo.

Albardo obedeció. Sentía que las manos le temblaban ligeramente y observó al ministro, quien parecía realmente interesado en saber de él.

—He esperado este encuentro para conocerte.

Albardo sonrió con timidez. La sensación de ser escuchado le ayudó a calmar los nervios.

—Hay varias cuestiones que deseo aclararte. En primer lugar, debes agradecer la audiencia que te he concedido y el indulto del que te has beneficiado a tu amigo Andrea, quien ha intercedido por ti, rogando encarecidamente que te lo concediese. Andrea es un miembro muy valioso para nuestro país. Su labor en el Departamento de Seguridad Nacional es encomiable e imprescindible en la lucha contra el grupo terrorista de los caminantes.

La entrevista fluía de manera natural. A medida que se desarrollaba, Albardo adquiría confianza. Inconscientemente, irguió la espalda, apoyándola recta contra el aterciopelado respaldo de la silla.

—También he sido informado de que has colaborado con mi hija, que aceptaste la peligrosa misión de infiltrarte en la célula local de los terroristas…

En aquel punto, Casad se detuvo, se llevó pensativo la mano derecha a la frente y apoyó el codo sobre el escritorio, para darle tiempo a su interlocutor a que sopesara la importancia del alcance de sus respuestas.

Albardo se sentía preparado para afrontar la situación. Levantó la vista directamente hacia los ojos de Casad, los observó durante varios segundos y se dispuso a hablar.

—En efecto, señor, tuve el privilegio de cooperar con su hija. Cumplí al pie de la letra las tareas que me encomendó, me gané la confianza del caminante que coordinaba las operaciones en la ciudad e informé a la Brigada Civil de las acciones que planeaban. Por desgracia, alguien sospechó de mí e informó al grupo sobre mi identidad. Estos, en lugar de acabar con mi vida, según su *modus operandi,* decidieron mantenerme en sus filas para utilizarme, entregándome información falsa que yo le pasaría a Galana, hasta que, finalmente, decidieron prescindir de mí y me denunciaron a la Brigada Civil, cargando sobre mis espaldas los crímenes cometidos por ellos. Pero la revancha no terminó ahí… Esos criminales decidieron asesinar a la cabeza dirigente de la brigada, la inspectora jefe Galana.

Albardo se detuvo, en apariencia convulso por la emoción que le provocaba rememorar lo sucedido. Pareció controlar su ansiedad y continuó:

»Yo he sido, y soy, un ciudadano honrado, cumplidor de los preceptos de Diggergod. Nunca he renegado de nuestro amado Creador. Es evidente que todos esos rumores sobre mi blasfemia fueron propagados por los caminantes para que la divina justicia del Creador me castigase, ahorrándoles a ellos la tarea de acabar con mi vida.

Casad esbozó una media sonrisa cargada de sarcasmo e interrumpió.

—Pero, Albardo, tu primera condena se te impuso por un delito grave de blasfemia.

—Señor, aquel incidente se debió a la tensión acumulada por la profunda depresión causada por los acontecimientos sucedidos, los atentados, el miedo… La situación me desbordó.

—Albardo, voy a hacerte una pregunta y, ¡ojo!, quiero que tu respuesta sea absolutamente sincera.

Albardo miró a Casad fijamente a los ojos. Una chispa de mutuo entendimiento surgió entre ambos. Con inusitada tranquilidad, aguardó a que el ministro hablase.

—¿Crees que el pueblo de Antagón es el elegido por el Creador?

—Señor ministro, a lo largo de toda mi vida he construido mi identidad y mi propósito en torno a la fe en el Creador. Esa fe ha sido el pilar fundamental de mi existencia; sin embargo, al conocer a Galana, comprendí que la vida era algo más que la ciega aceptación de los rituales y los dogmas que esa fe me ofrecía. Poco después me enfrenté a los verdaderos propósitos de los líderes religiosos, que obraban según sus deseos, sin importarles el pueblo. Nos engañaron cuando aseguraron que el Creador enviaba a nuestros jóvenes a morir en una santa cruzada, cuando sus verdaderas razones no eran otras que el pretexto para emprender otra guerra de saqueo. Al constatar la cruda realidad, la desilusión se apoderó de mí y, en un acto de desesperanza, renegué de mi fe. Desde entonces, mi vida halló refugio en el cumplimiento de mi deber para con Galana y mi país.

Albardo calló y aguardó expectante la reacción de Casad a sus palabras.

—No estoy de acuerdo contigo totalmente, aunque debo admitir que, para mi sorpresa, tus ideas me parecen lúcidas, aunque mal planteadas, Albardo. Si no he entendido mal, sostienes que un gobierno autocrático no es la forma ideal para liderar un país. Yo coincido contigo en que las religiones son falsedades que los líderes religiosos propagan para consolidar el poder sobre el pueblo. Eso es cierto. Nosotros, los dirigentes políticos, «sabemos» que no somos la creación de Diggergod, por la sencilla razón de que este es una hábil invención de los dirigentes religiosos; sin embargo, esa superstición nos es necesaria a los que empuñamos las riendas de la nación.

»El pueblo necesita un asidero que lo mantenga aletargado, durmiendo. Los caminantes están en lo cierto cuando califican a los ciudadanos de durmientes, pero… ¿es esto perjudicial para la masa? ¿Podría la gente gobernarse a sí misma? Definitivamente, no. La historia nos relata muchos ejemplos del caos que sobreviene cuando el pueblo es comandado por el pueblo.

»El ser humano necesita que algo o alguien piense y decida por ellos. En tal premisa se basa, por ejemplo, la familia. Hay una figura autoritaria, el padre, que dicta las normas y se asegura de que estas se cumplan.

»La gente no desea pensar. Prefiere dormir, quiere vivir anestesiada. Las democracias son débiles, invitan a la discusión y el desacuerdo. Considera, por ejemplo, los países que se han enfrentado a emergencias nacionales bajo regímenes autocráticos. Pusieron en marcha políticas de manera rápida y efectiva, sin la parálisis que acompaña a los sistemas democráticos.

»El exceso de libertad puede llevar a la anarquía. En los sistemas democráticos, la constante necesidad de consenso y el ciclo interminable de elecciones puede devenir en una falta de continuidad y consistencia en las políticas gubernamentales. En otras palabras, a Dios hay que crearlo para mantener al rebaño dormitando.

Albardo no daba crédito a lo que escuchaba de boca del primer ministro Casad. Sentía que estaba de acuerdo con casi todos los puntos que este había expuesto. Sin embargo, él era su propio dios, su propio gobernante, despreciaba por igual a los hipócritas y a los mansos, porque sabía que cuando estos despertaban de su sonambulismo, se convertían en seres despreciables incapaces de construir. El ser humano acarreaba el virus de la mezquindad y el egoísmo.

Ser «hombre» significaba vivir la vida del león con todas sus consecuencias. Era arrojarse a los tenebrosos vacíos para emerger convertidos en niños capaces de crear, libres de ataduras.

—Pero, Albardo, cuando llegaste me hablaste de ciertas noticias importantes que tenías para mí.

Albardo, sobresaltado, abandonó sus íntimas reflexiones, asintió y contestó:

—Efectivamente, señor. —Distendió la rigidez de su espalda y siguió con una inescrutable expresión compuesta en su rostro—. Gracias a los servicios prestados a su hija como infiltrado en la célula de los disidentes y a mi posterior encarcelamiento en la prisión estatal, pude averiguar dos cuestiones de extrema importancia que afectaban tanto a Galana como al gobierno. Ambas estaban relacionadas.

Inspiró con evidente nerviosismo y agregó:

»La primera guardaba relación con el atentado cometido en su casa. Los caminantes obtuvieron la información de los detalles de la fiesta ofrecida en su casa gracias a la relación íntima que Tomazo, hermano de Andrea, mantuvo con su hija la víspera de la celebración, por lo que los terroristas pudieron infiltrar a las dos camareras contratadas para el evento, quienes introdujeron e instalaron los explosivos en las bandejas. Yo fui quien alertó a Galana. Tomazo fue detenido y condenado a la pena capital. Asimismo, yo fui denunciado como colaborador en el atentado y de los subsiguientes, por lo que también fui encarcelado.

»Una vez en la cárcel, recibí la visita de Andrea. Él estaba convencido de mi participación en los atentados y de mi lealtad al grupo, y me reveló su verdadera identidad.

»Señor ministro, Andrea es el máximo dirigente de todas las células terroristas que operan en el sur de Antagón. Amparado en su importante cargo dentro del Departamento de Seguridad Nacional, se mueve con toda libertad para coordinar las operaciones de los terroristas. Él mismo ordenó la muerte de Galana en represalia por la detención de Tomazo y de mí mismo.

»Yo amaba a Galana. Utilicé la influencia de Andrea para que solicitase esta audiencia para tener la oportunidad de contarle lo que acabo de exponer. Aunque usted no me hubiera concedido el indulto, yo le habría revelado igualmente lo que le he contado.

Casad permaneció en silencio durante unos largos segundos, hasta que, al final, reaccionó:

—Albardo, si todo lo que me has contado es cierto, ten por seguro dos cosas: contarás con mi agradecimiento para siempre y pasarás a formar parte del grupo de la Brigada Civil que comandaba mi hija Galana.

★★★★★

En el centro de la plaza del Advenimiento se levantaba implacable el sórdido tablado donde se llevaría a cabo la ejecución anunciada por las pantallas repetidoras de todo el país. Sobre el escenario estaban las dos mortales plataformas metálicas donde emplazarían a los condenados a la pena capital. Un gentío llenaba la plaza inundándola de una pesada atmósfera de ansiedad y miedo. Asimismo, un sentimiento de tristeza emanaba de la gente allí concurrida.

Mezclados entre el gentío se veían cientos de soldados y agentes de la Brigada Civil, cuya misión era evidente: asegurar que los atemorizados ciudadanos de Ciudad Bolsano jalearan y vitoreasen la ejecución del que había estado al mando de las fuerzas de Seguridad Nacional, Andrea Gracio, y su hermano, el dueño de la casa de masajes El Dulce Amanecer, Tomazo Gracio.

El sol brillaba más que nunca sobre la plaza del Advenimiento, que vibraba con el falso entusiasmo de los ciudadanos de Ciudad Bolsano. En el ominoso escenario, sobre las dos plataformas de metal, yacían desmañados los cadáveres de Andrea y su hermano Tomazo.

En la plaza, apoyado indolente sobre el recio tronco de uno de los álamos que la circundaban, Albardo, que vestía el temible uniforme negro de la Brigada Civil, contemplaba la muchedumbre con una enigmática sonrisa cargada de amenazas en su rostro, que se diría esculpida a fuego.